CLONER LE CHRIST ?

À huit ans, Didier van Cauwelaert reçoit son premier refus d'éditeur. *Vingt ans et des poussières*, qu'il publie douze ans plus tard, lui vaut le prix Del Duca. Suivront le prix Roger Nimier en 1984 pour *Poisson d'amour*, le prix Goncourt en 1994 pour *Un aller simple*, le Molière 1997 du Meilleur spectacle musical pour *Le Passe-Muraille*, le prix du Théâtre de l'Académie française... Les combats de la passion, les mystères de l'identité et l'irruption du fantastique dans le quotidien sont au cœur de son œuvre, toujours marquée par un humour ravageur.

Paru dans Le Livre de Poche

DIDIER VAN CAUWELAERT

Cloner le Christ ?

ALBIN MICHEL – CANAL + EDITIONS

A mon père, qui est parti avant la fin.

La foi donne sa substance à l'espérance, son évidence à l'invisible.

Saint Paul, *Epître aux Hébreux.*

L'Eglise est sur terre pour protéger l'homme de la parole divine.

Marcel Aymé, *Clérambard.*

Golgotha dans l'Essonne

Sur le trottoir d'une banlieue parisienne, un jeune homme en djellaba porte une croix.

– Moins raide, lance une voix au-dessus de lui. Laisse-toi aller en avant.

– OK, papa, répond le jeune homme en modifiant sa position dans une grimace.

Les passants se retournent, dubitatifs, jaugent avec méfiance la silhouette qui, titubant sous le poids, zigzague entre les pavillons. Ils pensent à une publicité, cherchent les caméras.

– Trouve un appui naturel, fils, déplace ton centre de gravité.

Penché à son balcon, le grand barbu à lunettes continue à mettre en scène le chemin de croix. Nous sommes en juin 1997, un soleil de vacances égaye le département de l'Essonne. Docteur en physique nucléaire, ingénieur de recherche au CNRS, spécialiste du traitement d'images, le Pr André Marion a réquisitionné son fils de vingt ans pour les besoins de ses travaux. Les mensurations de Rodolphe étant proches de celles du supplicié, le garçon a accepté de se livrer à cette « reconstitution ». Le but : définir les déplacements de la djellaba par rapport à l'axe du corps.

Pourquoi cette expérience ? Depuis des années, le Pr Marion travaille sur la Tunique d'Argenteuil, cette chemise sans couture que Jésus, d'après la tradition, aurait portée lors de l'ascension du Golgotha. Grâce au matériel sophistiqué de l'Institut d'optique d'Orsay (microdensitomètre, caméras CCD, scanners pour numériser et traiter les photos dans l'infrarouge), Marion a répertorié les taches de sang sur la relique. Après avoir établi la cartographie des blessures dues à la flagellation, il a mis en évidence les endroits où le portement de croix aurait rouvert les plaies à travers le vêtement. Pour lui, par ailleurs agnostique, ces dernières études tendent à prouver que, contrairement aux coutumes du Ier siècle, Jésus aurait porté *la croix entière* et non une simple poutre.

Pour étayer cette hypothèse, le physicien a demandé à Rodolphe de se charger successivement de la poutre et de la croix. L'examen des différents plis laissés à chaque fois sur la djellaba a permis de créer, par ordinateur, un modèle géométrique de déformations tenant compte « des positions possibles que pouvait prendre la tunique sur le dos d'un homme courbé sous le poids d'un objet lourd, déséquilibré dans sa marche, et affaibli par les souffrances [1] ». On comprend qu'André Marion ait dédié à son fils le récit de ses travaux.

Etape suivante : comparer les taches de sang de la Tunique d'Argenteuil avec celles du Linceul de Turin, dans lequel le crucifié, selon la tradition, fut mis au tombeau. Sur les dix zones de blessures principales,

André Marion détecte neuf coïncidences parfaites – un élément déterminant en faveur de l'authenticité des deux reliques. D'autant que l'observation des pollens trouvés sur chacun des linges, l'analyse du sang et l'étude de l'ADN, comme on le découvrira plus loin, semblent accréditer cette thèse : *les deux vêtements auraient bien enveloppé le même homme.*

Toutefois il y a un hic : la datation au carbone 14 s'oppose à ces concordances. Elle situe en effet le tissage du Linceul de Turin vers 1300 après J-C et celui de la Tunique d'Argenteuil aux alentours de 600. Le même homme aurait donc saigné dans ces deux linges à sept siècles d'écart. Dans toute cette affaire, on le verra, on n'est plus à un miracle près.

Cela dit, le moyen le plus efficace, pour éclaircir un phénomène inexplicable, sera toujours d'en discréditer les témoins, les spécialistes et les commentateurs. En décembre 2004, contredisant les découvertes antérieures de sommités de la biologie, le premier adjoint au maire d'Argenteuil déclare, appuyé par l'ancien curé de la basilique : « Nous n'avons pas trouvé de marques de sang sur la Tunique : ce ne sont que des dépôts de colorants. » Dans le même temps, alors que les médias présentent *L'Évangile de Jimmy*, où j'imagine les conséquences d'un clonage tenté à partir de l'ADN du Linceul de Turin, des voix s'élèvent dans l'entourage de Jean-Paul II pour remettre en question les publications scientifiques qui, depuis 1978, analysent le sang humain de groupe AB imprégnant les fibres dudit linge. Et chacun de se retrancher avec satisfaction derrière le « sésame ferme-toi » du carbone 14, qui ramène les tissus étudiés au rang de faux largement postérieurs à la mort de Jésus[2].

Emanant des propriétaires mêmes de ces reliques, apparemment ravis de les dévaloriser, ces attitudes ont de quoi surprendre. Quelles pourraient en être les raisons ?

En 1996 naît la brebis Dolly, premier animal cloné à partir de cellules adultes. Deux ans après la brebis, si j'ose dire, on s'attaque au berger. Lors d'une entrevue avec le pape Jean-Paul II, Leoncio Garza-Valdès, un microbiologiste de l'université de San Antonio (Texas), lui déclare :

– Très Saint Père, j'ai eu l'honneur d'effectuer le clonage moléculaire de trois gènes du sang du Christ.

En possession d'une fibre du Linceul de Turin, grâce à d'invraisemblables manœuvres que nous découvrirons en explorant les coulisses vaticanes, le chercheur affirme n'être pas allé plus loin dans ses manipulations génétiques. Mais il met Sa Sainteté en garde contre la menace de lobbies messianiques américains, qui lancent sur Internet des appels d'offres pour obtenir à n'importe quel prix du sang de Jésus, en vue d'effectuer son clonage total. Second Coming Project, une secte de Californie, déclare même sur son site : « Si nous ne prenons pas le taureau par les cornes, les chrétiens vont attendre le retour du Messie éternellement. La seconde venue du Christ deviendra réalité parce que *nous allons le faire revenir*. »

On imagine l'impact de cette situation au sein du Vatican – certainement déjà alerté par ses services secrets, qui comptent parmi les meilleurs du monde. Mais on peut se demander si la défense la plus sûre, pour protéger l'hémoglobine du crucifié, est d'attaquer le sérieux et l'honnêteté des biologistes qui ont prouvé sa présence sur les reliques. Prétendre qu'il n'y a rien à voler n'est pas forcément le meilleur moyen d'empêcher un vol.

D'autant que, la même année 1998, tandis que la presse rappelle avec insistance la prudence de l'Eglise envers cette « icône » turinoise que de nombreux prélats qualifient toujours de peinture médiévale, le Pr André Marion publie dans une revue scientifique[3] la découverte qu'il a faite grâce au matériel de l'Institut d'optique d'Orsay : le Linceul de Turin est *légendé*. Des traces d'écriture ancienne, en grec et en latin, que les paléographes situent avant le Ve siècle, forment avec plus ou moins de netteté des expressions comme « Tu iras à la mort », « Nazaréen », « Jésus », « ombre de visage » ou encore « accomplir un sacrifice ». Et ces caractères se sont imprimés sur le tissu par le même phénomène que l'Image du corps supplicié : une oxydation de certaines fibres sur une épaisseur inférieure à celle d'un cheveu. Phénomène qu'aucune technique, jusqu'à présent, n'a permis de reproduire en laboratoire.

On comprend dans ces conditions que le Linceul de Turin, soigneusement discrédité, se retrouve désormais enfermé dans un caisson blindé, soustrait à la ferveur des croyants, à la convoitise des sectes et à la curiosité de la science.

Mais on ne décourage pas aussi facilement les généticiens. Ceux pour qui le sang supposé de Jésus est désormais une véritable obsession ne manquent pas, on le verra, de sources d'approvisionnement. Authentiques ou non, le Linceul de Turin, la Tunique d'Argenteuil et une troisième relique, le Suaire d'Oviedo, sont devenus l'enjeu d'âpres combats, plus ou moins secrets, entre ceux qui les tiennent pour des objets de vénération et ceux qui les considèrent comme des matières premières.

En septembre 2004, je rencontre le producteur Philippe Alfonsi et le réalisateur Yves Boisset. Intrigués par le postulat de *L'Evangile de Jimmy*, ils ont envie de savoir ce qui est imaginaire ou non dans le roman. Je leur raconte ce que je sais, à l'époque, du dossier scientifique de ce qu'il est convenu d'appeler les « linges de la Passion ». Philippe Alfonsi est ouvert à tous les mystères, Yves Boisset joyeusement athée, quant à moi je suis plutôt du genre libre croyant sans étiquette. Tous trois aussi désireux de comprendre les rouages des manipulations mentales que de relever le défi de l'inexplicable, nous décidons de nous lancer dans un film pour *Lundi investigation*, le magazine de Canal +.

Ils veulent cloner le Christ ? explore en cinquante-deux minutes les différents aspects de ce qui apparaît tantôt comme la plus grande énigme du monde, tantôt comme la plus belle arnaque de tous les temps. Le présent livre en constitue l'aboutissement, le prolongement, et tente de tirer les conséquences des incroyables découvertes qui ont eu lieu avant, pendant et après le tournage.

Les phénomènes constatés sont-ils dus à une puissance surnaturelle aux intentions généreuses, ou à un complot humain d'un machiavélisme absolu ? Née de l'enquête effectuée pour écrire un roman, cette interrogation allait m'entraîner dans la réalité au-delà de l'irrationnel, sur les chemins d'une logique effarante.

La Révélation est en marche, disent aujourd'hui beaucoup de croyants – oui, mais laquelle ?

Trois pièces du puzzle

Avant d'entamer l'extravagante série de rebondissements où flagellation, crucifixion et dématérialisation supposée de Jésus sont devenues prétexte à batailles de scientifiques, peut-être n'est-il pas inutile de rappeler aux profanes dont j'étais quelques points historiques.

Concernant l'existence réelle de Jésus de Nazareth, en dehors des Evangiles, on ne peut pas dire que les témoignages se bousculent. L'historien juif Flavius Josèphe (37-100 ap. J-C) écrit : « A cette époque-là, il y eut un homme sage nommé Jésus. Pilate le condamna à être crucifié et à mourir. Mais ses disciples racontèrent qu'il leur apparut trois jours après sa crucifixion et qu'il était vivant. » C'est à peu près tout. Et encore, certains historiens doutent de l'authenticité de ce passage, qui aurait été « retrouvé » par des scribes chrétiens. Côté romain, Pline le Jeune, Tacite et Suétone se contentent de mentionner avec un mépris laconique le trublion sectaire qui prétendit brièvement se dresser contre l'Empire. Mais sur son message, sur les foules impressionnantes qu'il draine, les guérisons miraculeuses qu'on lui attribue, l'incroyable résistance physique qu'il oppose à ses tortionnaires, silence total. Quand on songe au bazar créé en Palestine par cet anarchiste exalté aux pouvoirs prodigieux que nous décrit le Nouveau Testament, on demeure perplexe. Ou bien les Evangiles ne sont qu'un tissu d'inventions, un instrument de propagande ayant réussi, grâce au talent persuasif des premiers chrétiens, à fonder à partir de rien la nouvelle religion qui allait bouleverser le monde, ou alors une entreprise de sape, censure et caviardage systématique s'est exercée dès le vivant de Jésus, et plus encore après sa mort, pour tenter de nier par omission l'existence terrestre de ce prétendu Fils de Dieu.

Dans cette optique, les différents textiles qu'on appelle « linges de la Passion » revêtent, s'ils sont authentiques, toute leur importance : ils sont les seules pièces à conviction qui, par les moyens de la science moderne, pourraient attester que le Nouveau Testament n'est pas qu'une vue de l'esprit.

Soyons clair : mon but ici n'est pas de prouver quoi que ce soit aux chrétiens, ni d'essayer de convertir les autres ; simplement de mettre en lumière des mystifications, des impostures aussi bien scientifiques que religieuses, ainsi que les dernières découvertes dont j'ai été le témoin, afin de laisser chacun forger son opinion en connaissance de cause. Etant croyant par instinct et sceptique par méthode, nourri d'amitiés juives autant que musulmanes, bouddhiste à seize ans par amour pour une Chinoise, partageant beaucoup de valeurs chrétiennes mais – conscient des contresens sur lesquels s'est construit le christianisme – vivant en bonne intelligence avec le péché, iconoclaste de nature

et viscéralement hostile à tout système d'embrigade-
ment, je peux difficilement être taxé de prosélytisme.
Et je souscris à la position résumée par Henri Tincq,
spécialiste des religions au *Monde* : « Pour le croyant,
la foi est d'abord une adhésion à un mystère. Elle n'est
pas une ratification à partir de données scientifiques
plus ou moins cohérentes. »

Mais ce n'est pas une raison non plus pour réfuter,
au nom de la foi, les découvertes scientifiques confirmant l'existence de ce mystère, comme les autorités
religieuses s'y sont régulièrement employées au fil des
siècles. Citons pour mémoire l'immortel propos du
père Xavier Léon-Dufour en 1971[4] : « Le tombeau
vide n'est pas un fondement, même secondaire, de
la foi en la Résurrection. [...] Diriger l'attention sur
l'absence du cadavre de Jésus ou sur les linges pliés,
c'est détourner l'auditeur du message à transmettre et
ramener l'Evangile à la narration d'un fait divers. »
Dont acte. Avec des théologiens de ce calibre, les
athées n'ont plus besoin de descendre dans l'arène. Et
le croyant peut méditer avec une certaine inquiétude la
phrase de Marcel Aymé dans *Clérambard* : « L'Eglise
est sur terre pour protéger l'homme de la parole
divine. »

Mais revenons à nos reliques. Parmi les centaines
d'accessoires de la Passion mis en circulation au cours
des deux derniers millénaires – morceaux de la « vraie
croix » en assez grand nombre pour construire un
chalet, clous divers, couronnes d'épines et garde-robe
– concentrons-nous sur les trois tissus qui ont fait
l'objet des études les plus poussées : le Linceul de
Turin, le Suaire d'Oviedo et la Tunique d'Argenteuil.

Trois pièces d'un fascinant puzzle que la science, malgré l'opposition fréquente de l'Eglise, est en passe d'emboîter.

Commençons par le Linceul – improprement baptisé « Saint Suaire », le terme de suaire ne s'appliquant qu'au linge recouvrant le visage du mort, dans la tradition juive des premiers siècles. Ce Linceul est une pièce de lin de quatre mètres trente-six sur un mètre dix, au tissage en arêtes de poisson, qui fut repliée dans le sens de la longueur sur le corps qu'elle contenait. On y trouve d'une part l'empreinte sanguine, frontale et dorsale, d'un homme flagellé, crucifié, le flanc percé d'un coup de lance, le crâne perforé par un casque d'épines, et d'autre part une image de ce corps vu de face et de dos. Cette image est un négatif, on le sait depuis que l'avocat Secondo Pia l'a photographiée en 1898. De plus elle est tridimensionnelle, comme l'ont montré la Nasa et le physicien français Yves Saillard : avec son intensité à un point donné, on peut reconstituer son relief.

Mais, là où les problèmes commencent, c'est que ladite image est due à une oxydation de la cellulose, monochrome et superficielle, sur une épaisseur de quarante micromètres. Pour imprimer de la sorte un tissu, disent les Centres d'études atomiques de Los Alamos et de Gif-sur-Yvette, il faudrait une décharge de plusieurs millions de volts pendant un milliardième de seconde. On préfère donc imaginer qu'il s'agit d'une marque de transpiration, d'une peinture à base d'oxyde de fer, d'un frottage de bas-relief ou d'une photographie datant du XIVᵉ siècle, pour résumer les différentes options des partisans de la contrefaçon médiévale sur lesquelles je reviendrai. Une chose est sûre : si l'on rejette ces hypothèses loufoques, on plonge dans l'absurde. Si l'on admet que ce drap a enveloppé un mort, on est foutu, comme le disait avec plus de ménagement le père Léon-Dufour. Car l'Image s'est imprimée sans aucune déformation, *à plat*, donc en l'absence de corps dans le Linceul. Or l'analyse de l'empreinte sanguine nous dit que ce corps y a séjourné une trentaine d'heures – pas plus, car on ne relève aucune trace de putréfaction. Et qu'il en a été « retiré » sans aucun arrachement des fibrilles du lin ni des fibrines du sang, ce qui, vu la coagulation, est tout à fait impossible.

Ce sang aurait-il été ajouté au pinceau ? Non : aucun tracé directionnel. Chirurgiens et hématologues ont tous confirmé, du Dr Barbet dans les années trente au Dr Mérat de nos jours, la parfaite conformité des coulures de sang et de sérosité avec les lois de l'anatomie. Si l'on en croit Pierre Mérat, qui dirige le CIELT (Centre international d'études sur le Linceul de Turin), c'est bien un cadavre qui a laissé des traces de sang dans ce drap de lin, et qui en a disparu de manière inexpliquée, tandis que se formait par un procédé inconnu son image en négatif à la surface des fibres. Mais le cadavre de qui ?

Dans les archives historiques, la présence du Linceul est formellement attestée pour la première fois en France à Lirey, Champagne, en 1357. De trois choses l'une. Ou bien c'est l'œuvre d'un génial faussaire du Moyen Age, qui flagella, couronna d'épines, crucifia et transperça d'un coup de lance un inconnu pour les besoins de sa mystification, avant de saupoudrer le tissu de pollens spécifiques prélevés en Terre Sainte. Ou bien, si l'on se réfère à tous les moyens de datation qui, mis à part le carbone 14, situent le tissage au début de notre ère en Palestine[5], ce linge a enveloppé l'un des milliers d'anonymes crucifiés au temps de l'occupation romaine. Ou bien, aucun texte n'ayant jamais fait mention d'un autre supplicié condamné à porter une couronne d'épines, il s'agit de Jésus de Nazareth.

Cela dit, si l'on s'arrête sur les deux dernières hypothèses, on se pose aussitôt une question : où est passé le Linceul pendant treize siècles ? Une seule certitude : le codex Pray. En 1150, une ambassade hongroise séjourne à Constantinople. L'empereur Manuel Ier doit marier sa fille avec le prince Bela de Hongrie, et montre à ses hôtes, en témoignage de confiance, le trésor impérial – notamment un objet secrètement gardé dans la chapelle, que les historiens appellent *syndon*, mot d'origine grecque signifiant linceul. « Syndon funéraire du Christ, précise l'inventaire du trésor, toujours dégageant une odeur de myrrhe, défiant le délabrement parce qu'il a enveloppé le corps mort après la Passion ».

Un miniaturiste de la délégation hongroise examine la relique, et la reproduit fidèlement dans la scène de la *Mise au tombeau* ornant le codex Pray. Sur ce manuscrit précisément daté[6] et conservé de nos jours à la Bibliothèque nationale de Budapest figure, outre le tissage caractéristique en arêtes de poisson, un groupe de quatre points carbonisés formant un L. Ces trous causés

par de la résine d'encens (« fuite » accidentelle d'un
encensoir ou, selon certains, « marquage » volontaire
du Linceul par l'initiale de *Lux* figurant sur les cierges
de Pâques) sont aussi visibles aujourd'hui qu'ils
l'étaient en 1150. Pour ceux qui s'accrochent encore
à la datation au carbone 14 (entre 1260 et 1390), voici
donc l'existence du Linceul attestée de façon formelle,
plus de cent ans avant qu'il n'ait été tissé.

Les autres témoignages historiques, avant le XIIe siècle, sont nombreux, mais moins fiables. En marge des
quatre Evangiles canoniques, les apocryphes (Pierre,
Nicodème, Thomas, Evangile des Hébreux...) mentionnent le linceul offert par Joseph d'Arimathie, retrouvé
vide dans le tombeau, et la manière dont les apôtres
l'emportèrent pour le cacher, dans la vallée de Qumran,
selon certains exégètes. Puis, en 131, on commence à
parler de la présence à Edesse (aujourd'hui Urfa, en
Turquie) d'un tissu possédant « l'empreinte du corps
du Christ ». La ville devient un centre de pèlerinage
important de l'Orient chrétien. Mais, suite aux inva-
sions successives, le linge est caché, on perd sa trace,
et il ne sera retrouvé que lors de la reconstruction
d'Edesse, après les terribles inondations de 525. C'est
l'époque où l'iconographie du Messie change brutalement : Jésus, jusque-là représenté soit comme un
dieu grec à boucles blondes, soit comme un chérubin
dodu, prend les traits d'un barbu sémite, avec, selon
le Pr Paul Vignon, vingt points de comparaison ten-
dant à prouver que l'image du Linceul a inspiré les
artistes[7].

Mais cette image, lorsqu'elle est évoquée dans les
textes, porte le nom de Mandylion, mot grec signifiant

« foulard ». Il faut attendre le VIIe siècle pour qu'un texte de Smira, médecin officiel de l'empereur, précise que le Mandylion n'est pas un foulard, mais « un drap qui porte imprimés non seulement le visage mais tout le corps de Jésus ». Information qui permet de comprendre l'épisode relaté par l'historien égyptien Théophilacte : durant la campagne contre les Perses (587-590), « le Mandylion fut déplié et montré dans son entier pour redonner du cœur aux soldats ».

C'est l'Anglais Ian Wilson[8] qui, le premier, entreprit de démontrer que ce Mandylion n'était autre que le Linceul, plié par la moitié puis encore en quatre à l'intérieur d'un coffret ne laissant voir que son visage, thèse qui rencontre encore des résistances, malgré tous les indices allant dans son sens. Ainsi le visage du Mandylion, reproduit sur les monnaies de Justinien II (685-711), correspond-il exactement à celui du Linceul.

Cependant, si l'on me permet un bémol, les moyens d'investigation scientifique étant plutôt réduits à l'époque, rien n'interdit de penser que ce Mandylion était une simple copie du Linceul. Il n'en demeure pas moins qu'en 2002, des travaux de restauration sur le Linceul de Turin ont mis en évidence les traces d'un pliage antique, destiné à ne montrer que le visage du supplicié[9]. A une période de son existence, le Linceul a bien correspondu aux descriptions du Mandylion dans les différents documents.

Remarquons à ce propos que, si les apôtres ont sorti du tombeau le drap funéraire de Jésus afin de le conserver, ils ne pouvaient absolument pas le faire en tant que tel, la loi juive interdisant le culte d'un objet

ayant touché un mort. Ils auraient donc quitté Jérusalem avec le Linceul plié dans un cadre, ne laissant
voir qu'une ombre de visage qu'ils faisaient passer
pour l'œuvre d'un peintre. Dans cette hypothèse, ils
furent donc les premiers faussaires du Linceul – mais
à l'envers.

En 639, les Arabes s'emparent d'Edesse. Malgré
leur opposition à la religion chrétienne, ils autorisent
le culte du visage légendaire de celui qui est pour eux
bien plus qu'un prophète (« Messie, fils de Marie,
envoyé de Dieu et Son verbe, projeté vers Marie ; esprit
venant de Dieu », insiste le Coran dans la quatrième
sourate). Et la renommée grandissante de la relique se
répand jusqu'à Constantinople, où les empereurs successifs vont tenter de s'emparer de cette « unique
véritable effigie de Jésus », qui légitimerait leur pouvoir de manière éclatante. Ils y parviendront par la
force, en 944.

Parmi les témoignages de l'arrivée du Mandylion à
Constantinople, une illustration du codex Skylitzès [10],
conservé à la Bibliothèque de Madrid, montre un émissaire présentant à l'empereur Constantin un linge
déplié d'où émerge une tête barbue. Cet émissaire est
l'évêque Grégoire, dit « le Référendaire ». C'est lui
qui a rapporté d'Edesse la célèbre relique. Et c'est
lui qui nous en a laissé la première véritable « expertise », dans une homélie retrouvée tout récemment dans
les archives de la Bibliothèque du Vatican. Homélie où
l'évêque précise notamment que ce linge « a été
imprimé par les seules sueurs d'agonie du visage
du Prince de la Vie, qui ont coulé comme des caillots
de sang et par le doigt de Dieu. Ce sont elles les

ornements qui ont coloré la véritable empreinte du Christ. Et depuis qu'elles ont coulé, l'empreinte a été embellie par les gouttes de son propre côté[11] ».

Même si cet évêque du Xe siècle ne dispose pas de nos moyens techniques pour distinguer de manière certaine le sang humain de la peinture, son texte a le mérite de mentionner pour la première fois les plaies du corps, notamment celle du côté provoquée par le coup de lance.

La relique demeura la pièce maîtresse du trésor des empereurs de Constantinople, jusqu'en 1204. Là, elle disparut lors de l'effroyable sac de la ville par les croisés, chrétiens d'Occident fous de haine et de jalousie envers ces chrétiens d'Orient vivant dans un luxe inimaginable, pour eux qui sortaient de leurs châteaux branlants cernés de bourgs misérables.

Lequel d'entre eux s'empara du Linceul décrit par l'évêque Grégoire ? Mystère. Certains historiens avancent qu'il tomba entre les mains des ducs d'Athènes. Pour d'autres, comme Ian Wilson, ce sont les Templiers, financiers de cette quatrième croisade, qui le récupèrent et le conservent en secret dans leur trésor, à Saint-Jean-d'Acre. Après la chute de cette place forte, le trésor est envoyé à Sidon, puis à Chypre.

En 1306, le grand maître de l'Ordre, Jacques de Molay, le transfère en France. Se répand alors la rumeur que les Templiers adorent une « mystérieuse tête barbue, une idole à la barbe roussâtre, qu'ils appellent leur Sauveur ». Ce sera le prétexte dont se servira Philippe le Bel, envieux de leur puissance et de leurs richesses, pour les faire arrêter, le 13 octobre de l'année suivante, au cours d'une impressionnante opération de police dans tout le royaume. Les archives conservent maints interrogatoires de Templiers, à qui les inquisiteurs s'efforcent de faire avouer le secret de cette « tête » qu'ils idolâtrent. « Je l'ai vue dans sept chapitres, reconnaît ainsi sous la torture le frère Raoul de Gizy. On la présentait, et tout le monde se jetait à terre, relevait son capuchon, et l'adorait. »

Toujours est-il que, lorsque des documents incontestables mentionnent la présence du Linceul à Lirey, en 1357, il est devenu la « propriété » de Geoffroy de Charny, croisé émérite. Comment s'en est-il emparé ? Deux hypothèses s'affrontent aujourd'hui : celle de l'héritage par alliance (sa femme Jeanne est apparentée aux ducs d'Athènes), et celle de la transmission par un quasi-homonyme, que certains pensent être son oncle (à l'époque, l'orthographe des noms de famille n'est pas fixée) : le Templier Geoffroy de Charnay, brûlé par Philippe le Bel en même temps que Jacques de Molay.

L'historien anglais Noël Currer-Brigs, par exemple, affirme que le Saint-Graal, qu'on assimile couramment à un vase contenant le sang de Jésus, est en réalité le *coffre* dans lequel fut conservé le Linceul. A l'appui de cette théorie, il rappelle que dans plusieurs récits du Graal, dont *Parzival* de Wolfram von Eschenbach, les Templiers sont expressément désignés comme les gardiens du sang christique.

En 1944, au cours d'un bombardement, le plafond d'une maison anglaise s'effondra dans le village de Templecombe, Somerset. On découvrit alors, dissimulé sous les combles, le couvercle d'un vieux coffre, orné du portrait d'un homme barbu ressemblant trait pour trait aux copies byzantines du Mandylion. Ce couvercle, que le carbone 14 datera entre 1298 et 1310, appartenait selon toute vraisemblance aux Templiers, qui avaient fondé en 1185 à Templecombe la plus importante de leurs commanderies normandes, centre d'entraînement où ils formaient leurs nouveaux membres avant de les envoyer en service actif au Moyen-Orient. Leur maître en Normandie était, à cette époque, Geoffroy de Charnay.

Si cette peinture, visible aujourd'hui à l'église du village anglais, est un indice sérieux, elle alimente cependant depuis 1988, dans les milieux ésotériques, une fumisterie selon laquelle, en vertu de leur datation médiévale commune, le portrait de Templecombe et le Linceul de Turin représenteraient un seul et même homme : Jacques de Molay, le Templier auquel, avant de le brûler, Philippe le Bel aurait fait subir les supplices du Messie. Bon. Rappelons que Jacques de Molay est mort à soixante-dix ans, que l'Image du Linceul est celle d'un homme d'une trentaine d'années, et zappons cette hypothèse qui ne mérite pas plus d'encre que la théorie de certains catholiques intégristes, accusant les dateurs de 1988 d'un complot franc-maçon destiné à remplacer, dans l'inconscient collectif, Jésus-Christ par le grand maître de l'ordre du Temple.

Revenons plutôt en Champagne, où Geoffroy de Charny, en 1357, a construit dans son fief de Lirey une collégiale, pour présenter aux pèlerins sa sainte relique. C'est là que, pour la première fois, se déclenche l'hostilité du clergé catholique envers le Linceul, attitude appelée à un brillant avenir [12].

Pierre d'Arcis, évêque de Troyes, part en guerre contre le drap de lin, brandissant un argument définitif : Jésus n'a pas pu laisser son image sur le Linceul, puisque les Evangiles n'en parlent pas. Dans un mémoire adressé en 1389 au pape Clément VII, l'évêque affirme que ce prétendu linge de la Passion n'est qu'une peinture. Mieux : il déclare que son prédécesseur, Mgr Henri de Poitiers, avait démasqué le faussaire champenois, et l'avait contraint aux aveux – sans toutefois dévoiler son nom ni son procédé de fabrication : secret de la confession.

Les arguments sont si minces que le pape, dans une série de bulles conservées aux archives du département de l'Aube, déboute son évêque, le condamne au « silence perpétuel », et autorise le culte de l'Image du Linceul, à condition qu'on la présente prudemment aux pèlerins comme une « forme ou représentation ».

Quelques auteurs, aujourd'hui, accordent encore une foi aveugle aux assertions sans preuves de l'évêque, notamment Henri Broch, le démystificateur professionnel bien connu des médias[13]. Son unique argument : la veuve de Geoffroy de Charny s'était remariée avec un oncle du pape. Soit. Mais si le soupçon d'un piston familial peut être pris en considération, il ne suffit pas pour autant à accréditer la théorie de ce faussaire inconnu qui aurait peint sans peinture une relique existant déjà un siècle plus tôt, comme le prouve le codex Pray. A moins que le Linceul d'aujourd'hui, avec les caractéristiques que nous lui connaissons, ne soit pas celui de 1357. Je reviendrai plus loin sur cette hypothèse que, bizarrement, personne encore n'a creusée.

Il faut dire qu'à partir de Lirey, l'itinéraire du drap de lin est parfaitement clair pour tous les historiens. C'est une femme qui va faire basculer son destin, une femme dont le culot, le courage ou la cupidité n'ont pas fini de diviser les biographes : Marguerite de Charny. Petite-fille de Geoffroy, elle n'a pas d'enfants, pas de moyens, et sa parenté ne lui inspire aucune confiance. A qui transmettre la relique ? Qui serait digne d'en assurer la protection ? En 1443, elle la retire de la collégiale en bois qui menace ruine, la prend sous le bras et commence à la promener un peu partout, de Chimay à Liège, de Mâcon à Genève, à la recherche d'un acquéreur convenable. Elle a d'abord songé aux Habsbourg, qui ne se montrent pas très intéressés, le seul « certificat de garantie » qu'elle puisse présenter quant à l'authenticité de sa relique étant la bulle papale de son petit-cousin. Et puis l'évêque de Liège se déclare solidaire avec l'évêque de Troyes : ce Linceul, dit-il, n'est qu'une peinture. Alors Marguerite poursuit son périple de ville en ville, déjà âgée mais animée d'une volonté inébranlable. Objectif : la Maison de Savoie.

Entre-temps, furieux, les chanoines de Lirey – qui s'étaient adjugé le Linceul dont la famille de Marguerite leur avait confié la garde – lui intentent une série de procès pour récupérer « leur bien ». Ce feuilleton juridico-ecclésiastique se termine en 1453, lorsque le puissant duc Louis de Savoie accepte de devenir le « protecteur » du Linceul, que lui cède Marguerite. Un acte est signé entre les deux parties, mais qui ne mentionne pas la relique : Marguerite reçoit un château pour « services rendus ». Les pauvres chanoines, déboutés, touchent quant à eux cinquante francs or de la Maison de Savoie, pour prix de leur silence. Ils se vengeront en excommuniant Marguerite.

Commence alors pour le drap funéraire une vie très agitée. La cour ducale, n'ayant pas de résidence fixe, se déplaçait continuellement de château en château, trimbalant avec elle son Linceul. Le culte qu'on lui vouait à l'époque était des plus privés. Les femmes de la famille, notamment, nourrissaient une dévotion toute particulière pour cette relique réputée à la fois stimuler la fécondité et agir, selon les termes de l'historien Guichenon, « comme un préservatif contre toute sorte d'accidents [14] ».

Les membres du clergé de Chambéry, on les comprend, n'aimaient pas beaucoup que le Linceul se balade ainsi sur les routes. Ils finirent par persuader la duchesse Claude, veuve de Philippe II, de le mettre en sécurité dans leur Sainte-Chapelle. C'est là qu'il manqua brûler en 1532, dans un incendie dont on accusa les protestants.

Désormais troué par les coulures d'argent fondu de son reliquaire, ravaudé par les sœurs clarisses, le linge funèbre est ensuite transféré à Nice, pour échapper aux troupes françaises sur le point d'envahir la Savoie. Nice étant menacée à son tour, on le replie en direction de Verceil. Lorsque les troupes du maréchal de Brissac s'emparent de la ville et la mettent à sac, le chanoine qui a la garde du Linceul ne sait plus où le cacher. Alors il l'enroule autour de son corps, dissimule sous sa soutane les quatre mètres trente-six de lin retenus par une ficelle, et, saucissonné dans le plus grand trésor de la chrétienté, invite le maréchal à dîner.

Les officiers français firent bombance, vidèrent la cave, et mirent l'embonpoint plissé du chanoine sur le compte d'un cilice au volume proportionnel à la gravité de ses péchés. Le Linceul revint ainsi à Chambéry sain et sauf, avant d'être acheminé en 1578 vers Turin, que le duc Emmanuel-Philibert avait choisie comme nouvelle capitale.

Dès lors, les ostensions se succédèrent de façon régulière, tous les 4 mai, tandis que les différents papes tentaient de convaincre les ducs de Savoie de restituer à l'Eglise la sainte relique, tâche encore plus ardue quand ceux-ci devinrent rois d'Italie.

A l'approche de la Seconde Guerre mondiale, Victor-Emmanuel III emporta le Linceul en train jusqu'à Montevergine, pour le cacher en grand secret dans les montagnes au-dessus de Naples. Il y demeura pendant sept ans, échappant de peu aux commandos qu'Hitler avait lancés à sa recherche.

En 1946, Humbert II, qui régna sur l'Italie du 9 mai au 2 juin, abdiqua à l'issue d'un référendum favorable à la République. Pour apaiser les tensions chez les partisans de la monarchie, il décida de s'exiler, et le nouveau pouvoir en profita pour saisir tous ses biens, publics et privés. Un seul échappa à la confiscation : le Linceul. Les avocats avaient plaidé que la relique, n'ayant jamais fait l'objet d'un titre de propriété ni figuré dans aucun acte, ne pouvait pas légalement être assimilée à un bien, et n'était donc pas « saisissable ».

Le 27 mars 1981, le dernier roi d'Italie qui, pour reprendre l'expression délicate d'un ministre de la Démocratie chrétienne, « n'avait plus rien à se mettre sur le dos que son Linceul », légua ce dernier par testament au Saint-Siège – c'est-à-dire, juridiquement, à la personne morale du pape.

Sa fille, la princesse Marie-Gabrielle de Savoie, m'a raconté la scène surréaliste où sa famille est venue remettre solennellement la sainte relique à son légataire. Devant la demi-douzaine de têtes couronnées rassemblées autour de lui, Jean-Paul II a pris possession du drap de lin en remerciant ainsi la royale délégation :

– Je n'ai pas les moyens de vous rétribuer comme vous le méritez, mais je prierai pour vous.

Et, au terme de cinq siècles de pressions variées exercées par ses prédécesseurs sur la Maison de Savoie, le souverain pontife, en échange du Linceul du Christ, offrit à chacun un chapelet.

La deuxième « pièce du puzzle » est le Suaire d'Oviedo, propriété de l'Eglise d'Espagne. Le carbone 14 situe son tissage entre 679 et 710 après Jésus-Christ[15]. Mais on s'est abstenu d'ébruiter ce résultat. Parmi les documents qu'on possède, en effet, des lettres de saint Braulio, datées de 620, relatent que cette relique, ayant quitté Jérusalem envahie par les Perses, fait route vers Séville dans un coffre de cèdre, l'*Arca santa*. Ce même coffre où les apôtres, dit-on, l'auraient enfermée après la mort de Jésus. Fuyant de nouveau l'avance musulmane, le Suaire arrive à Oviedo en 812 et n'en bougera plus, comme l'attestent les inventaires successifs qui le mentionnent.

Il s'agit d'une toile de lin ensanglantée mesurant quatre-vingt-trois centimètres sur cinquante-trois, déchirée par la bombe qui tenta de la détruire en 1934. Ses fils ont la même composition que ceux du Linceul de Turin, et la grosseur des fibres est identique, ainsi que la torsion en Z du filage. Selon la tradition, ce grand mouchoir aurait été appliqué sur la figure de Jésus, à la descente de croix. Des spécialistes internationaux ont étudié l'empreinte sanguine qui s'y trouve. Ils ont eu la surprise, m'a confié Marie-Gabrielle de Savoie, d'y trouver en outre une substance totalement inattendue : du rouge à lèvres. Selon toute vraisemblance celui de l'épouse du général Franco, la seule personne qui fut autorisée, en dehors des scientifiques, à rester seule avec la relique.

Mis à part ces traces de baiser, les caractéristiques du visage « épongé » par le Suaire sont les mêmes que celles imprimées sur le Linceul : nez de huit centimètres au cartilage cassé, barbe divisée en deux pointes... Lorsqu'on superpose les deux linges, soixante-dix taches de sang coïncident. Et ce sang est du même groupe AB, comme l'a établi le Dr Villalain, professeur de médecine légale à l'université de Valence. Quant aux comparaisons génétiques, son confrère turinois Baima Bollone écrivait en 2000 : « La recherche des polymorphismes de l'ADN n'a pas permis, au moins jusqu'à maintenant, de relever des dissemblances. » Il faut entendre par « polymorphismes » les variations des marqueurs utilisés en médecine légale pour procéder à l'identification des individus [16].

Mais ne nous emballons pas : cela ne prouve pas encore de manière irréfutable que le même individu a saigné dans les deux linges. En revanche, le Pr Avinoam Danin, de l'Université hébraïque de Jérusalem, après avoir comparé les pollens et les plantes découverts sur les deux reliques, certifie qu'ils sont de même provenance, certains étant antérieurs au VIIIe siècle. « Cette association de fleurs ne peut se trouver que dans une seule région au monde, celle de Jérusalem », a-t-il déclaré en 1999 au Congrès international de botanique de Saint Louis, Missouri. Et il ajoute, parlant des pollens trouvés sur le Suaire d'Oviedo : « Il est impossible que des tissus avec des taches de sang de forme identique, provenant d'un même groupe sanguin et avec les mêmes graines de pollens, ne datent pas de la même époque et n'aient pas recouvert le même corps [17]. »

On se souvient en outre que le Pr André Marion a effectué la comparaison informatique entre les empreintes de blessures visibles sur le Linceul et celles trouvées sur la Tunique d'Argenteuil. Ses conclusions rejoignent celles du Pr Danin. Si elles sont exactes, si l'ADN dit la vérité et si le carbone 14, comme l'affirment les radiocarbonistes, est un chronomètre infaillible, alors un même individu a saigné avant le VIIIe siècle, aux environs de Jérusalem, dans un linceul du XIVe, un suaire du VIIIe et une tunique du VIIe.

Poursuivons notre jeu de piste – pour reprendre l'expression du père François Brune, qualifiant ainsi ce parcours jalonné « par Dieu même, pour qu'au temps voulu notre science nous aide à triompher du scientisme lui-même [18] ».

La Sainte Tunique, aujourd'hui propriété de la municipalité d'Argenteuil, est conservée depuis douze siècles dans cette commune proche de Paris. Il s'agit d'un vêtement en laine brunâtre, sans couture, que Jésus porta selon la tradition après la flagellation, tout au long du chemin de croix. Dans son état actuel, la Tunique est incomplète et comporte de nombreux trous. La partie principale mesure un peu moins d'un mètre, de l'encolure au bas du dos, et les manches n'ont plus que dix centimètres de long[19].

Le premier texte qui la mentionne est l'Evangile de Jean : « Lorsque les soldats eurent achevé de crucifier Jésus, ils prirent ses vêtements et en firent quatre parts, une pour chacun. Restait la tunique. Elle était sans couture, tissée d'une seule pièce depuis le haut. Les soldats se dirent entre eux : Ne la déchirons pas, tirons plutôt au sort à qui elle ira. »

Ensuite c'est le silence, pendant cinq siècles, jusqu'à Grégoire de Tours qui relate que la Tunique aurait été conservée, et qu'elle se trouverait dans un coffre en bois près de Constantinople. Mais le chroniqueur Frédégaire, lui, affirme à la même époque l'avoir localisée à Jaffa, d'où elle fut transportée solennellement par un cortège d'évêques jusqu'à Jérusalem.

Toujours est-il que c'est l'impératrice Irène de Constantinople qui, en 800, aurait offert la relique à celui qu'elle désirait épouser, Charlemagne, lequel refila le cadeau à sa fille Théodrade, abbesse du monastère bénédictin d'Argenteuil. Après la mort de Charlemagne, en 814, un service y fut célébré chaque mois pour le repos de son âme, « en mémoire des bienfaits dont il a enrichi le monastère, et spécialement la Tunique sans couture de Notre Seigneur Jésus-Christ », précise un vieux martyrologe d'Argenteuil.

En 850, le monastère est attaqué par les Vikings. Les religieuses s'enfuient, emportant la relique selon certains historiens, l'emmurant sur place selon d'autres. L'abbaye est reconstruite en 1003, mais personne ne fait plus mention de la Tunique, jusqu'en 1129. La dernière prieure de l'abbaye ayant été la célèbre Héloïse, après la conclusion funeste de sa liaison avec Abélard, on jugea qu'elle n'avait pas suffisamment observé la règle de saint Benoît, et des bénédictins remplacèrent alors les bénédictines. Ce sont eux qui, si l'on se réfère à la bulle papale de 1156, auraient retrouvé la Tunique, dont le culte s'amplifia au cours des siècles, au point que François Ier, en 1544, autorisa Argenteuil à s'entourer de remparts pour mieux défendre l'abbaye et sa précieuse relique. Les plus grands personnages firent le voyage pour la vénérer, d'Henri III à Louis XIII, de Marie de Médicis à Anne d'Autriche en passant par Richelieu.

Mais, sous la Révolution, la fameuse Tunique sans couture connut un destin d'une ironie qui laisse songeur. Tous les biens du monastère devant être saisis, le curé Ozet, qui l'avait transportée dans son église paroissiale, eut en effet une idée assez rock'n roll pour la protéger des révolutionnaires : il la coupa en morceaux. Ayant distribué quelques bribes à des personnes de confiance afin qu'elles les cachent, il enfouit le reste dans son jardin. Lorsqu'il sortit de prison, en 1793, le curé s'empressa d'aller déterrer son bout de tunique, puis fit la tournée des « personnes de confiance » pour récupérer les pièces détachées. Comme on peut s'en douter, certaines manquèrent à l'appel.

On vient d'en retrouver deux, en 2004, authentifiées

grâce aux analyses optiques d'André Marion et à l'étude de Sophie Desrosiers, spécialiste en tissus anciens. Les deux fragments sont conservés à l'abbaye de Longpont-sur-Orge qui, dépendant d'un évêché voisin, n'a bien entendu aucune intention de les restituer pour compléter la Tunique. Tunique dans laquelle, au demeurant, depuis sa reconstitution, tout le monde a pris l'habitude de se servir. Mentionnons entre autres le pape Pie IX qui, en 1854, s'en fit couper une nouvelle tranche pour décorer ses appartements du Vatican (en échange, il offrira un cierge bénit), puis les cambrioleurs qui l'escamotèrent en décembre 1983 avant de la restituer deux mois plus tard, à condition qu'on la montre davantage au public, pour finir par l'incroyable « emprunt » du printemps 2004 où un sous-préfet, un maire adjoint, un responsable des Monuments historiques, une experte en textile, deux spécialistes du carbone 14 et un curé l'auraient transportée de nuit, en secret, au domicile du sous-préfet, pour l'amputer consciencieusement de quelques nouveaux morceaux [20].

On se croirait dans un de mes romans, mais je n'invente rien : les protagonistes eux-mêmes s'en sont vantés dans la presse, sept mois plus tard (*Le Parisien* des 7 et 8 décembre 2004, *L'Echo régional* et *La Gazette du Val-d'Oise* du 8 décembre).

Résumons. Le sous-préfet Jean-Pierre Maurice, un passionné de la Tunique (on frémit à la pensée du traitement qu'elle aurait subi s'il y avait été allergique), aurait donc, la nuit du 6 mai 2004, fait transférer l'objet classé monument historique en voiture personnelle jusqu'aux appartements de la sous-préfecture, où l'on effectua les prélèvements, afin, se justifient les responsables, « de ne pas éveiller les passions » (*Le Parisien*), « pour que les scientifiques ne subissent aucune pression » (*L'Echo régional*), et « qu'ils puissent travailler sereinement » (*La Gazette*).

Quelles passions ? Quelles pressions ? La Tunique d'Argenteuil, me semble-t-il, tout le monde s'en fout. Qui connaît son existence ? Durant soixante-six ans, la municipalité communiste n'a rien fait pour qu'elle sorte de l'oubli, c'était de bonne guerre anticléricale, et il convient de saluer l'intention affirmée par la mairie UMP, élue en 2001, de remettre la Tunique en pleine lumière – saluer l'intention, sinon la manière. Car, lorsqu'on entend justifier par la « sérénité » une telle opération de Pieds Nickelés, on s'interroge. Dans un protocole scientifique de datation, la « sérénité » est-elle une condition plus importante que la protection contre les contaminations ambiantes ? Les convoyeurs du 6 mai opéraient-ils à mains nues ? La Tunique était-elle enveloppée, pour la préserver des curieux, dans le plaid du chien ?

On aimerait que figure dans le rapport d'expertise et de datation la réfutation de ces hypothèses – gratuites, certes, mais qu'on est en droit de formuler puisque tout s'est passé dans le secret le plus opaque. Si l'on en croit le rapport au vitriol du Comité œcuménique et scientifique de la Tunique d'Argenteuil (qui apprit l'opération des mois plus tard, par la presse, comme tout le monde), les convives se seraient quittés dans la nuit, chacun repartant avec son morceau de relique en guise de doggy bag, l'un vers Gif-sur-Yvette pour le test au carbone 14, l'autre vers son laboratoire

des Monuments historiques pour l'examen au microscope, un troisième vers un coffre-fort – qui sait ? Ce
que les soldats romains n'avaient pas osé faire – partager entre eux la Tunique sans couture –, un quarteron
d'élus, de fonctionnaires responsables et de chercheurs
compétents l'auraient perpétré en toute « sérénité », ce
soir de mai.

Et la légalité, dans tout ça ? A l'inventaire des Monuments historiques, la pièce dite « Sainte Tunique » est
classée au titre d'objet depuis 1979. Elle est propriété
de la commune : sa datation par un laboratoire de
radiocarbone n'aurait-elle pas mérité un marché public,
payé par la collectivité suite à un appel d'offres ? Estimant que « ces travaux devaient demeurer secrets »,
pour les raisons passionnelles qu'on a vues, la mairie
s'est dispensée de ce genre de formalité.

On est en droit de soupçonner, cependant, que toute
cette histoire ait pu être « gonflée » par des rumeurs
malveillantes ou d'éventuelles exagérations de la
presse. La parution du livre que le sous-préfet Jean-
Pierre Maurice, nommé entre-temps à Vichy, vient de
consacrer sous pseudonyme à la Tunique [21] devrait
donc remettre les pendules à l'heure. Mission accom-
plie. Tout d'abord, contrairement à ce que les ins-
tigateurs avaient annoncé dans les journaux, ce n'est
pas en mai qu'eut lieu la soustraction de la relique,
mais sept mois plus tôt, et le simple emprunt nocturne
se révèle être une villégiature de trois jours au domicile
du sous-préfet, qui nous la raconte du reste avec beaucoup d'émotion sous la plume.

Ainsi, le soir du dimanche 12 octobre, à l'heure où
d'autres se commandent des pizzas, M. Maurice se fit

livrer la Sainte Tunique, afin de passer la nuit avec elle. Ils firent chambre à part, souligne-t-il, mais, dans la pièce contiguë où il dormait, il s'éveilla plusieurs fois pour penser en souriant : « Tout est bien. »

C'est le lendemain que commença le « ballet » des experts, comme il dit, et les festivités privées se prolongèrent jusqu'au mercredi soir, relatées avec un naturel parfait et un enthousiasme auquel on ne peut qu'adhérer. Quelle belle aventure, de vivre ainsi ses fantasmes au bénéfice de la science. On imagine que, de son côté, le maire de Paris brûle d'envie d'emmener la Joconde en week-end chez lui, et d'en faire découper un morceau afin de vérifier si elle est bien contemporaine de Léonard. On comprend mal quels scrupules le retiennent.

M. Maurice, quant à lui, est un homme pétri de morale et de délicatesse. Son sens de l'éthique lui interdit ainsi, dit-il, de lancer des recherches sur le sang et l'ADN de sa relique. Leur pertinence ne lui apparaît guère, et le principe le choque, si jamais c'est Jésus qui a porté le vêtement. D'ailleurs il constate qu'il n'y a pas de sang : c'est une oxydation de la teinture. Dix pages plus loin, il écrit : « Le laboratoire n'a pas retrouvé, pour l'heure, de trace de teinture d'aucune sorte. » Mais tout cela, n'est-ce pas, est secondaire. « Des reproches, il y en aura peut-être, prophétise Jean-Pierre Maurice à la page 37. En tout cas, je ne pense pas – peut-être suis-je trop naïf – que soit formulé celui d'avoir mené l'expérimentation en toute neutralité et avec un souci d'extrême rigueur. » Non, monsieur le sous-préfet, ce reproche ne vous sera pas fait. Qu'il soit dû à une coquille, un problème de syntaxe ou un lapsus révélateur, un tel cri du cœur nous touche. Respectons les passions.

Et venons-en aux résultats de cette opération de police – c'est le terme qui convient, ce pouvoir détenu par l'instance préfectorale sur un monument historique étant le seul à même de justifier une telle intervention, à condition bien sûr que la relique fût en danger *avant* ladite intervention, alors que, me semble-t-il, c'est plutôt la nature même de l'intervention qui l'a mise en péril, mais bon.

J'ai sous les yeux le rapport de Mme Sophie Desrosiers, daté de mai 2004. Il conclut que « l'effet crêpe obtenu à l'aide d'une très forte torsion des fils de chaîne et de trame était déjà connu au Moyen-Orient au début de notre ère, par exemple à Masada entre le milieu du Ier siècle av. J-C et la fin du Ier siècle ap. J-C. [...] Le seul élément qui prête à réflexion est la torsion des fils uniformément de direction Z pour la chaîne et la trame. [...] Cette caractéristique, qui provient des savoir-faire liés au filage et à la production de l'effet crêpe, est un élément qui va à l'encontre d'une attribution de l'étoffe à la Palestine du début de notre ère. Mais ce n'est pas un élément suffisant pour nier cette possibilité, dans la mesure où d'autres fragments de toiles sans effet crêpe, trouvés sur ces mêmes sites, ont leur fil de chaîne et de trame de torsion Z. Les connaissances techniques nécessaires pour tisser une étoffe semblable à celle de la Tunique d'Argenteuil étaient là. »

Autrement dit, la relique *peut remonter* à l'époque de Jésus. Ce n'est pas l'avis du carbone 14. L'examen de spectrométrie de masse – effectué plus de sept mois après les prélèvements parce que l'appareil, déplore

M. Maurice, ne marchait pas bien : il fallait sans cesse « le paramétrer et s'assurer de sa fiabilité » – l'examen conclut : « En l'état actuel des échantillons, et abstraction faite d'éventuelles contaminations du tissu par du carbone pendant sa longue et tumultueuse existence, les instruments de mesure ont attribué aux deux échantillons de la Tunique une date comprise entre 530 et 650 ap. J-C. » Ce rapport a été publié en avant-première, le 14 décembre 2004, sur le site de l'évêché du Val-d'Oise.

Inutile de s'appesantir sur les « éventuelles contaminations du tissu », flagrantes de par l'histoire mouvementée de la Tunique. Une datation au carbone 14 (fondée sur la propriété qu'a celui-ci de se désintégrer pour moitié, tous les 5 730 ans) suppose un échantillon exempt de toute influence d'un carbone plus récent que le tissu qu'on analyse, ce qui n'est évidemment pas le cas. Son inventeur lui-même, le Prix Nobel de chimie Willard Libby, contacté par Humbert de Savoie – alors propriétaire du Linceul de Turin – pour qu'il date sa relique par le dosage de carbone 14, avait répondu que, très fiable pour mesurer l'âge des morceaux de bois, sa méthode n'était pas appropriée pour la datation des textiles anciens.

Ce qui n'empêcha pas M. Philippe Métézeau, premier adjoint à la mairie d'Argenteuil, invité chez le sous-préfet à la cérémonie du prélèvement, de livrer à la presse le commentaire suivant : « Nous sommes sûrs du résultat à 95 pour cent : cela laisse 5 pour cent de marge pour conserver le mythe. » C'est sympa. En fait, même s'il regrette un peu, en tant que catholique, que le carbone n'attribue pas la Tunique à Jésus,

M. Métézeau est surtout bien content pour sa ville :
preuve est faite que la relique municipale peut provenir
de Charlemagne, et qu'elle n'est pas une fabrication
du XIVᵉ siècle, comme l'avaient prétendu certains de
ses prédécesseurs communistes, l'assimilant par conta-
gion au Linceul devenu médiéval en 1988, par la grâce
du carbone 14.

Bref, si l'on en croit les représentants de l'autorité
républicaine et religieuse en Val-d'Oise, la « Tunique
du Christ » est un faux que Charlemagne s'est fait
refiler par l'impératrice Irène, tout le monde s'en
réjouit, et c'est l'Eglise, comme seize ans plus tôt à
Turin, qui va se faire un devoir – sinon un plaisir – de
prendre les scientifiques de vitesse pour annoncer aux
chrétiens la mauvaise nouvelle.

Turin-Argenteuil : même combat ?

– Le Linceul vient d'être daté entre 1260 et 1390 après Jésus-Christ, proclama en conférence de presse, le 13 octobre 1988, le cardinal Ballestrero, archevêque de Turin, anticipant avec un zèle étrange la publication des résultats du carbone 14 par les laboratoires concernés, publication qui n'interviendrait que cinq mois plus tard.

L'Eglise s'inclinait donc, véloce et fair-play, devant le verdict de la science. La science qui, soulignons-le, dix ans avant de reléguer le drap de lin au rang de produit médiéval, avait commencé par confirmer son authenticité. Revoyons les faits.

En 1978, face aux interrogations des croyants et aux demandes insistantes des scientifiques, Jean-Paul Ier – le pape qui n'allait régner que trente-trois jours – autorisa, en accord avec Humbert de Savoie, un groupe de chercheurs américains et européens à pratiquer des examens approfondis sur le linge funèbre. Il s'agissait du STURP (Shroud of Turin Research Project). Au lieu de déplacer le Linceul dans un laboratoire, c'est le laboratoire qui vint au Linceul : sept tonnes de matériel furent acheminées en containers par avion jusqu'à Turin.

– En une semaine de travail très dur, explique le physicien Luigi Gonella, nous avons transformé une salle de musée en unité de recherche.

Prélèvements de pollens et de fils apparemment tachés de sang, photographies sous toutes les coutures, examens à l'infrarouge et à l'ultraviolet, exploration par fibre optique de la face cachée du Linceul (sur laquelle les sœurs clarisses de Chambéry avaient cousu une toile de Hollande après l'incendie de 1532), aspiration des poussières accumulées au cours des siècles... Le matériel recueilli servira de base à toutes les analyses officielles qui s'étaleront sur plusieurs années, pour en arriver à une conclusion unanime : un homme flagellé, couronné d'épines, crucifié et percé au côté d'un coup de lance, conformément au récit des Evangiles, a bien été enseveli une trentaine d'heures dans ce drap. Les caractéristiques du tissu comme la nature des pollens trouvés autorisent une datation au Ier siècle de notre ère, et une localisation dans la région de Jérusalem. L'empreinte sanguine est une réalité confirmée par toutes les études. En revanche, concernant cette oxydation de la cellulose affectant certaines fibres en surface, c'est le flou total.

– Nous ne savons pas comment l'Image a pu se former, avoue Luigi Gonella. Nous avons fait cent vingt heures de mesures directes, quelque chose comme cent mille heures de travail d'élaboration de résultats. Nous n'avons pas de résultats. Toutes les hypothèses que nous avons faites sont contradictoires.

Frêle barbu à l'intelligence incisive, Luigi Gonella est aujourd'hui un vieux monsieur souriant dans la fumée de ses cigarettes, mais il demeure un des per-

sonnages clés de l'affaire du Linceul. Fin manœuvrier,
sympathique ou retors suivant les circonstances, d'une
prudence extrême et d'une diplomatie aussi résolue que
flexible, alternant un scepticisme ouvert et une jubilation narquoise envers l'inexplicable, aussi à l'aise au
milieu d'un laboratoire que dans les couloirs du
Vatican, Gonella possède le profil type du savant
compatible avec les intérêts supérieurs de l'Eglise.
Conseiller scientifique du cardinal Ballestrero, il est
nommé par celui-ci, en 1978, président de la Commission de coordination et de vigilance destinée à superviser les travaux du STURP.

A l'époque, la relique appartient toujours à l'ex-roi
Humbert, mais les dirigeants de l'Eglise considèrent
qu'ils en sont les héritiers spirituels, les gardiens légi-
times. A ce titre, une confirmation scientifique de
l'authenticité du Linceul du Christ justifierait définitivement les prétentions de la papauté, renforçant « de
droit divin » les pressions exercées depuis des siècles
sur la Maison de Savoie pour qu'elle « rende à Dieu
ce qui est à Dieu ».

Je ne dis pas que les chercheurs du STURP, venus
des plus grands laboratoires d'université, de l'aviation
militaire des Etats-Unis, de la Nasa, des centres de
recherche atomique, des musées d'archéologie et des
instituts de médecine légale, puissent être accusés
d'avoir été « orientés » dans le sens de l'authentifica-
tion. Leurs protocoles et leurs résultats en apparence
inattaquables, vérifiés à maintes reprises durant près
de vingt ans, parlent pour eux. Mais il est certain que
leurs conclusions, connues bien avant leur présentation

officielle au Vatican, auront une influence déterminante sur les dernières volontés du roi Humbert.

Daté du 27 mars 1981, son testament stipule : « Etant confirmé que la Hiérarchie catholique reconnaît à la Maison de Savoie, dans la personne de son chef, les droits séculaires de propriété du Saint Linceul, estimant qu'il est impérieux pour l'avenir de garantir à l'Eglise la remise définitive de l'une des plus insignes Reliques de la Passion de Notre Seigneur, JE DISPOSE que, après ma mort, la pleine propriété du Saint Linceul soit transférée au Saint-Siège en donation. »

Quarante-sept jours plus tard, Jean-Paul II a fixé audience aux chercheurs du STURP, qui doivent lui remettre en mains propres le résultat de leurs investigations scientifiques. Le rendez-vous n'aura pas lieu : ce même 13 mai, juste avant l'entrevue, l'islamiste Ali Agça tire sur le pape.

Ceux qui voient des complots sous les coïncidences n'ont pas manqué de rappeler que Jean-Paul Ier, le précédent pontife, était mort dans les conditions les plus suspectes, le 28 septembre 1978, huit jours avant que ne débutent les travaux du STURP, qu'il avait autorisés conjointement avec Humbert de Savoie.

En 1997, lors de l'incendie criminel de la cathédrale de Turin qui faillit détruire la relique, des esprits pernicieux allèrent jusqu'à se demander à nouveau *qui*, chez les ennemis de la chrétienté ou à l'intérieur même de l'Eglise, voulait empêcher le Linceul de *délivrer son message*.

En 1988, lors de la datation au carbone 14, l'ambiance turinoise n'a plus rien à voir avec l'esprit d'équipe qui caractérisait les travaux du STURP. Querelles intestines, changements de cap, règlements de comptes, coups fourrés, fuites organisées, divergences soigneusement médiatisées : il semble que sceptiques et non-croyants aient été cordialement invités à venir remettre en question le verdict sans appel de 1978.

Il faut dire qu'entre-temps, le roi Humbert est mort. Le Linceul a cessé d'appartenir à des particuliers : l'Eglise n'a donc plus besoin de convaincre la famille de Savoie ni le monde entier de l'authenticité de la relique. Je dirais même que, vu le contexte et les mentalités de l'époque, une datation médiévale du tissu, à condition qu'elle puisse être contestée ultérieurement, était peut-être souhaitable.

On est libre de voir dans ces suppositions vénéneuses un reflet de mon mauvais esprit. Mais, à ma grande surprise, elles viennent d'être quasiment confirmées dans notre film par l'un des conseillers les plus proches du pape Benoît XVI. Le cardinal Bertone, archevêque de Gênes, membre de la Congrégation pour la doctrine de la foi, a déclaré crûment à la caméra :

– L'analyse du carbone 14 semble avoir été une erreur, surtout à cause des préjugés dont il est inutile de parler, parce que le verdict était établi avant même de faire les analyses.

« Etabli », mais par qui ? Par des scientifiques que l'Eglise avait choisis, au terme d'un invraisemblable conflit interne. Voilà ce que nous dévoile le cardinal Bertone : la Congrégation pour la doctrine de la foi avait déconseillé d'effectuer une datation avec une méthode qui, appliquée à des tissus anciens, avait souvent prouvé son manque de fiabilité. Néanmoins, s'il paraissait vraiment opportun d'en passer par là, la Congrégation recommandait de confier cette analyse à un groupe de spécialistes de l'Académie pontificale des sciences. Un protocole de huit cents pages, fixant les modalités de cet éventuel examen du carbone 14, avait même été rédigé à l'initiative du cardinal Ratzinger, futur pape Benoît XVI.

C'est alors que se produit l'inconcevable. Sur ordre du cardinal Casaroli, secrétaire d'Etat, le deuxième personnage du Vatican – donc, j'imagine, avec la bénédiction de Jean-Paul II – , ce protocole est soudain abandonné, jeté à la poubelle. Mechtilde Flury-Lemberg, experte mondiale en tissus anciens, pressentie pour superviser la découpe de l'échantillon, est remplacée par Luigi Gonella et Giovanni Riggi, les deux conseillers scientifiques choisis par le cardinal Ballestrero qui, ce n'est pas un secret, n'a jamais cru à l'authenticité de la relique dont il est devenu le Gardien officiel. Quant aux sept laboratoires prévus pour la datation, ils ne seront plus que trois.

A la question de savoir pourquoi le Saint-Siège s'est dressé contre l'avis de la Congrégation pour la doctrine de la foi, anciennement l'Inquisition, véritable gardienne du dogme, le microbiologiste Garza-Valdès nous répond aujourd'hui :

– C'était une période où l'Eglise avait très peur du clonage du Christ. Ils pensaient que s'ils déclaraient le Linceul authentique, quelqu'un obtiendrait des échantillons de sang, et essaierait de cloner Jésus de Nazareth.

A première vue, cette explication paraît un peu ana-chronique, pour ceux qui pensent que le clonage reproductif est né en 1996 avec la brebis Dolly. Mais c'est en 1986 que Steen Willadsen réussit à cloner un agneau, à partir du noyau extrait d'un embryon au stade de huit cellules. Publiés dans la revue *Nature*, ses résultats stimulèrent aussitôt le fantasme du clo-nage humain.

Selon Garza-Valdès, c'est dans ce climat que, le 21 avril 1988, on effectua le prélèvement pour la data-tion au carbone 14, cette méthode infaillible si l'on en croit les médias qui continuent de célébrer ses vertus.

Infaillible, vraiment ? Outre la célèbre affaire des coquilles d'escargots vivants déclarées vieilles de vingt-six mille ans, citons, entre autres exploits des radio-carbonistes, la corne de Viking datée de 2006 après J-C (laboratoire de Tucson, Arizona), la nappe de lin fabri-quée en 1950 vieillie par l'examen de trois siècles et demi (laboratoire de Zurich), ou la momie certifiée plus jeune de sept cents ans que les bandelettes qui l'enveloppent (laboratoire d'Oxford).

Ces trois laboratoires, réputés infaillibles comme on vient de le voir, sont justement ceux que le Vatican a sélectionnés, sur proposition de Luigi Gonella, pour dater le Linceul de Turin. C'est le Dr Tite, du British Museum, qui est chargé de superviser leur travail. Et c'est au Pr Giovanni Riggi que l'on confie le soin de décider l'emplacement du prélèvement et d'effectuer la découpe.

En premier lieu, on peut s'étonner de ce choix. Qui est Giovanni Riggi ? Un microanalyste travaillant pour la firme 3M, multinationale spécialisée dans les produits collants. On comprend sa présence lors des examens de 1978, où il s'agissait de recueillir pollens, poussières et sang sur des bandes adhésives. Dix ans plus tard, le protocole est tout autre : il n'est plus question de coller, mais de couper. Riggi est-il vraiment le plus qualifié ? On reste pantois devant les images de vidéosurveillance, lorsqu'on le voit trancher dans le Linceul à mains nues. Et surtout, on ne comprend pas comment les autorités ecclésiastiques et scientifiques ont pu le laisser prélever l'échantillon dans le pire endroit qui soit : la bordure par laquelle, durant des siècles, on a tenu la relique à chaque ostension – bordure raccommodée au Moyen Age, raison suffisante pour provoquer en soi une datation médiévale.

Et ce n'est pas la seule faille dans cet examen rocambolesque. Citons entre autres, parmi les éléments rendant le verdict sujet à caution, la surcharge pondérale (le prélèvement pèse quarante-trois milligrammes au centimètre carré, alors que la densité moyenne du drap n'est que de vingt-trois), la non-publication des résultats bruts, le non-respect des protocoles habituels, l'absence de procédure en double aveugle, le refus des dateurs de laisser valider leurs mesures par une interprétation pluridisciplinaire des résultats, les divergences entre les laboratoires (Zurich est le seul à détecter une contamination, Oxford publie un « intervalle de confiance » radicalement différent des deux autres...), la perte des échantillons de réserve et des chutes de découpage, les erreurs de terminologie dans la publication, l'absence d'analyses chimique, physique et statistique[22]... « Ni les calculs, partout entachés d'erreurs, écrira le statisticien Jouveroux,

ni les méthodes, toutes critiquables du fait d'hypothèses fausses ou invérifiables, ne peuvent apporter la
moindre crédibilité dans les conclusions présentées. »

– Le radiocarbone est la seule certitude, répondra le
Dr Tite, face à la tempête de protestations causée chez
les scientifiques par la publication dans *Nature* de la
datation qu'il a supervisée.

La revue *Science*, elle, rappellera en décembre 1988
le peu de confiance qu'on doit accorder à la méthode
du carbone 14, appliquée à d'autres matériaux que des
fibres de bois. *Le Monde* du 3 janvier 1996, suite à une
communication du Commissariat à l'énergie atomique,
écrira même : « Toutes les datations au carbone 14
doivent être réévaluées de plusieurs milliers d'années
vers le passé. » Dans la suite de l'article, un spécialiste
avoue en toute simplicité : « Le carbone 14 date faux,
on le sait depuis quarante ans. » Il s'agit de Michel
Fontugne, responsable du service de datation au radiocarbone de Gif-sur-Yvette – le laboratoire auquel le
sous-préfet Maurice et le maire adjoint Métézeau
demanderont de dater la Tunique d'Argenteuil, en
2004.

Seize ans plus tôt, à Turin, en dépit des bavures et
des critiques, l'heure était au triomphe de la science
contre les forces de la superstition. Pour remercier le
Dr Tite « d'avoir si bien travaillé », un groupe d'inves-
tisseurs anonymes signa un chèque d'un million de
livres sterling, destiné à lui assurer une chaire à l'université d'Oxford. Et le cardinal Ballestrero donna sa
bénédiction au « taux de certitude de 95 pour cent »
revendiqué par les dateurs. On est bien content pour
eux, d'autant que la catastrophe fut évitée de justesse :

on apprit plus tard que, d'après les premières mesures, les laboratoires avaient failli dater le Linceul d'une époque postérieure à celle de son apparition à Lirey en 1357 [23].

En découvrant tout cela, je suis resté quand même un peu perplexe. Comment la datation médiévale a-t-elle pu s'inscrire de manière si drastique, et aujourd'hui encore, dans l'opinion publique ? En fait, il y a *trop* d'arguments contre elle. Paradoxalement, la remise en question paraît moins crédible, comme si le nombre excessif d'éléments en faveur d'une erreur finissait par la changer en vérité – c'est du reste l'argument principal qu'utilisent (vu « l'infaillibilité » de leur technique et la « partialité » de leurs détracteurs) les partisans du carbone 14, majoritairement composés, on s'en doute, de radiocarbonistes.

L'un d'eux, Jacques Evin, présent aux côtés de Riggi lors du prélèvement, est l'un des seuls aujourd'hui à monter courageusement au créneau pour défendre sa méthode, comme il l'a fait sur Europe 1 en 2005, à la publication de l'excellent dossier consacré au Linceul par l'avocat Denis Desforges [24]. En tant que radiocarboniste, Jacques Evin confirme la datation médiévale. Mais il s'avoue, comme la plupart des scientifiques sincères, incapable d'expliquer la formation de l'Image. Catholique, il en conclut donc qu'il s'agit d'un miracle. Mais d'un miracle du Moyen Age.

Raisonnablement, avec le recul, on peut se demander ce qui s'est vraiment passé en 1988. Tous ces cafouillages sont-ils le fruit d'un amateurisme ordinaire ? L'Eglise s'est-elle fait berner, ou a-t-elle orchestré cette cacophonie ? Je n'ai pas la réponse. Mais si le Linceul est bien celui de Jésus, si son Image est la preuve de la Résurrection, alors il faut convenir que cette preuve devenait dangereuse, face aux progrès de la génétique et aux fantasmes qu'ils étaient susceptibles d'éveiller chez les néo-messianistes. Fallait-il discréditer la relique afin de la protéger ?

Une chose est sûre : qu'ils aient été ou non les artisans de la datation médiévale, ceux qui l'avaient assumée au nom de l'Eglise n'en furent guère récompensés. En quelques mois, Luigi Gonella et Giovanni Riggi furent écartés, tandis que le cardinal Ballestrero était mis à la retraite de ses fonctions de Gardien à vie du Linceul.

Douloureuse ou nécessaire, la parenthèse allait se refermer, laissant des cicatrices indélébiles.

Quoi qu'il en soit, seize ans plus tard, quand il s'agit de fixer l'âge de la Tunique d'Argenteuil, suite au découpage préfectoral que j'ai raconté au chapitre précédent, certaines des irrégularités dénoncées lors de la datation du Linceul furent, semble-t-il, pieusement reproduites. Voici un extrait des critiques figurant sur le rapport du Pr Marion, transmis à l'évêque de Pontoise, concernant le protocole de datation :

« Pas de procédure en aveugle, le laboratoire ayant été informé de l'origine de l'étoffe à dater.

– Aucune indication des endroits du tissu où ont été faits les prélèvements.

– Taille inutilement importante des échantillons : les morceaux découpés représentent en effet un poids total de six cents milligrammes et une surface de quinze centimètres carrés.

– Plusieurs prélèvements de très petite taille, mais effectués à divers endroits du vêtement, auraient permis de vérifier l'homogénéité de sa composition chimique et isotopique.

– Aucune preuve apportée quant à l'efficacité de la procédure de nettoyage des échantillons. »

Encore y avait-il, à Turin, trois laboratoires, avec la garantie que cela peut constituer pour établir une marge d'erreur – un « intervalle de confiance », comme ils disent. Pour la Tunique d'Argenteuil, c'est le seul laboratoire de Gif-sur-Yvette qui sera mandaté, dans le contexte assez particulier qu'on a vu. Un progrès notable, toutefois : chez le sous-préfet du Val-d'Oise, la personne qui amputa la Tunique portait des gants.

Et la question se pose à l'observateur impartial, quant à l'union sacrée qui semble régner, une fois encore, entre certains religieux et certains scientifiques, dès lors qu'il s'agit de discréditer une relique attribuée à Jésus.

En décembre 2004 paraît dans *L'Eglise en Val-d'Oise*, la revue diocésaine, un article signé Gérard Antem. Dans son historique précis et clair de la Tunique jusqu'à nos jours, aucune référence n'est faite aux travaux du physicien André Marion ni à ceux des hématologues ayant déterminé que le sang humain

présent sur la Tunique est de groupe AB – comme sur
le Linceul de Turin et le Suaire d'Oviedo.

« Continuez à enquêter, en agissant dans la liberté
intérieure, et avec un profond respect aussi bien de la
méthodologie scientifique que de la sensibilité des
croyants », déclarait Jean-Paul II, jadis, aux chercheurs
travaillant sur les linges de la Passion. C'est en rappelant ces paroles d'encouragement que la revue diocésaine justifie l'ablation préfectorale. Le rédacteur
précise : « C'est dans cet esprit que les travaux scientifiques ont été entrepris sur la Tunique d'Argenteuil,
et qu'ils sont portés aujourd'hui à la connaissance des
Valdoisiens et des chrétiens *[sic]*. » Et de conclure :
« *Parce qu'elle évoque le Christ* [c'est lui qui sou-
ligne], la Sainte Tunique permet à l'homme de se
rendre plus proche de Jésus. »

Certes. Mais faut-il en déduire que si elle *provient*
de Jésus, au lieu de simplement *l'évoquer*, elle risque
d'en éloigner l'homme ? Ou de l'attirer pour de mau-
vaises raisons, la preuve scientifique étant éternellement présentée comme antinomique avec l'acte même
de croire. Seule compte la *foi* en Jésus-Christ, pour les
chrétiens, nous n'en doutons pas. Mais est-on sûr
qu'elle sorte renforcée à chaque fois qu'une relique est
indûment attribuée à un faussaire ?

A Turin, on l'a vu, le cardinal Ballestrero s'était
précipité pour annoncer le premier à la presse que le
Linceul était médiéval. Et il avait ajouté dans la foulée :
– En remettant à la science l'appréciation de ces
résultats, l'Eglise reconfirme son respect et sa vénération pour cette vénérable icône du Christ.

Attitude curieuse, parce que si le Linceul date du Moyen Age, alors que vénère-t-on ? Le supplice d'un sosie de Jésus, flagellé, encloué, crucifié pour fabriquer une fausse relique. On comprend, dans ces conditions, que l'Eglise souhaite tenir les hématologues à distance des linges de la Passion, et jeter un voile pudique sur les globules humains qui imprègnent les tissus. « Couvrez ce sang que je ne saurais voir... », résume le généticien Gérard Lucotte.

Il faut dire qu'en outre, si jamais ces linges ont enveloppé Jésus, le fameux sang AB présent sur les trois étoffes pose un sacré problème. C'est en effet le seul groupe identifiant la mère *et* le père.

Cela étant, si l'on croit que Dieu s'est incarné par l'opération du Saint-Esprit, pourquoi l'aurait-Il fait à moitié, en se privant du chromosome Y ? La « virginité perpétuelle » de Marie (avant, pendant et après l'accouchement), c'est un dogme du VIIe siècle. Les généticiens d'aujourd'hui ne remettent pas Dieu en question : ils contestent une décision humaine prise au concile de Latran en 649[25]. Rappelons qu'auparavant, l'Eglise promettait le bûcher aux marcionistes et aux docétistes, ces hérétiques d'alors qui, soutenant que Jésus n'était qu'une « apparence humaine », lui refusaient, comme on dit aujourd'hui, tout patrimoine génétique. Autres temps, autres meurtres. On ne brûle plus : on étouffe.

Bref, tout se passe comme si, dans l'Eglise catholique romaine, un concile fantôme avait décrété en 1988 que le sang du Christ était devenu tabou. Et le « syndrome Garza-Valdès », cette peur que des vampires modernes n'en viennent à pomper les cellules supposées de Jésus pour tenter de le cloner, n'a fait qu'empirer les problèmes que le Linceul pose au Saint-Siège, depuis qu'il en est propriétaire. On en viendrait presque à comprendre le cri du cœur qu'a laissé échapper en 1997, au lendemain de l'incendie de la cathédrale de Turin, le prieur d'un monastère : « Quel dommage que ce linge n'ait pas été détruit ; ça aurait mis un terme à toutes les polémiques [26]. »

Puisque nous en sommes aux polémiques, une autre explication possible aux réticences du Vatican est fournie dans notre film par le père François Brune, cet éminent théologien qui, sous des allures de moine débonnaire pour étiquette de camembert, rabote les langues de bois vaticanes avec son franc-parler, son courage et sa lucidité :

– Je crois qu'une des raisons pour lesquelles l'Eglise est un peu paralysée sur cette question du Linceul – comme sur les apparitions de la Vierge, d'ailleurs –, c'est qu'elle est profondément divisée par des courants qui sont très divergents. On a d'un côté des conservateurs qui vont souvent jusqu'au fondamentalisme, et qui enragent parce que l'Eglise ne prend pas de positions plus claires et nettes en faveur des miracles. Et de l'autre, on a une immense majorité de théologiens qui ont abandonné tout ça, et qui risqueraient de protester, de hurler, de créer des troubles assez graves... Je crois que l'Eglise catholique romaine est actuellement menacée d'un véritable schisme entre ces deux courants.

Une autre raison éventuelle qui empêcherait le Vatican d'authentifier officiellement le Linceul tient à son historique même. Précisons que, fruit de mon imagination pernicieuse, cette dernière hypothèse n'engage que moi.

On l'a vu, si le drap funéraire est bien celui du Christ, il a été volé selon toute vraisemblance par les chrétiens d'Occident lors du sac de Constantinople. De la même manière que Napoléon pillera l'Egypte, ou que les Anglais emporteront les frises du Parthénon pour les exposer au British Museum. Certes, les gouvernements du Caire et d'Athènes n'ont rien de commun, aujourd'hui, avec ceux qui furent à l'époque victimes de ces larcins. Mais leurs plaintes ont été jugées recevables. D'après les avocats internationaux que j'ai consultés, rien n'empêcherait aujourd'hui Istanbul de réclamer la restitution du Linceul de Jésus.

Cela dit, ce genre d'affaires se termine généralement, en marge des tribunaux, par un arrangement entre les deux parties. J'ai cru comprendre qu'il restait quelques obstacles à l'admission de la Turquie dans l'Union européenne...

Ces légers soupçons de censure politico-religieuse mis sur le tapis, revenons à nos trois pièces du puzzle. Où en est-on réellement, aujourd'hui, sur le plan scientifique ? Des biologistes ont donc démontré que le Linceul de Turin, le Suaire d'Oviedo et la Tunique d'Argenteuil présentent un sang du même groupe AB. Le Pr Danin, de l'Université hébraïque de Jérusalem, a établi que les pollens trouvés sur le Suaire d'Oviedo sont les mêmes que ceux du Linceul de Turin, certains

spécifiques à la région de Jérusalem, d'autres antérieurs au VIIIe siècle.

Restait à comparer ces pollens avec ceux de la
Tunique d'Argenteuil. Restait aussi à confronter
l'ADN des trois reliques.

En 2005, un homme allait tenter cette mission
impossible.

La génétique du Graal

Veste à carreaux, cravate rayée, chevelure neigeuse, regard vigilant derrière des lunettes légèrement tordues, embonpoint de bon vivant et lèvres minces de décideur sans complexes, Gérard Lucotte évoque davantage un président de club de foot qu'un spécialiste de l'ADN. Au téléphone, il s'est montré laconique et pressant : « Vous ne me connaissez pas, j'ai lu *L'Evangile de Jimmy*, je suis généticien, il faut qu'on se parle. »

Intrigué, je lui ai proposé un rendez-vous le lendemain soir, dans un bar près de la Seine, et j'ai cherché son nom sur Internet. La liste de ses titres et publications scientifiques n'augure rien de bon pour moi. Directeur du Centre de neurogénétique moléculaire, auteur d'articles dans des revues internationales sur les myopathies, la maladie d'Alzheimer ou la sclérose en plaques, inventeur en 1985 du marqueur des chromosomes Y, spécialiste des recherches sur les sangs juifs anciens... Tout cela me laisse supposer qu'il a relevé dans mon roman des bourdes inexcusables en matière de génétique, et qu'il attend de moi que je rectifie mes erreurs dans une prochaine réimpression – le livre est en librairie depuis trois jours.

Gérard Lucotte m'attend devant un verre de cocktail exotique, planté d'une ombrelle et d'une branche de céleri. Il est en avance. Comme signe de reconnaissance, il a mon roman sur la table.

– Que prenez-vous ? Moi c'est sans alcool, je dois me priver à cause de la goutte, mais allez-y, ça ne me gêne pas : il est dix-neuf heures.

D'une voix basse et creusée, ponctuée de relances, effets de silence et claquements de langue qui trahissent le professeur soucieux de tenir ses élèves en haleine, il enchaîne sans transition :

– Votre livre m'a impressionné d'abord, inquiété ensuite. Impressionné car il n'y a aucune erreur, ni sur le plan de la génétique, ni sur celui de la mentalité des généticiens. Inquiété car, en plaçant vos personnages dans un contexte de fiction où le clonage reproductif humain a *déjà* eu lieu, vous posez des problèmes auxquels nous, dans nos conseils d'éthique, nous n'avons pas songé. Conséquences morales, affectives, sociales et juridiques sur le statut du futur clone, entre autres. Mais.

Cinq secondes de silence soulignent la conjonction martelée à la manière d'un point final. Puis il reprend :

– Vous citez hors fiction, dans une « note de l'auteur », le chercheur américain qui prétend avoir cloné trois gènes moléculaires du sang de Jésus. Or là, il faut faire attention. Je vais vous prouver que, scientifiquement, on peut se poser des questions sur ce type, mais qu'en revanche ses assertions sont hautement probables, et je suis bien placé pour vous le dire : cloner l'ADN d'une relique de Jésus, je l'ai fait.

Sans me laisser le temps de commenter l'effarante

nouvelle qu'il vient de m'assener sur un ton guerrier, il poursuit :

– Mais moi, c'était il y a près de vingt ans, et personne ne le sait : mon but n'était pas d'en tirer un best-seller, comme ce M. Garza-Valdès que nous allons disséquer à présent.

Et il sort l'ouvrage du fameux microbiologiste de l'université du Texas, intitulé *The DNA of God ?*[27]. Je l'écoute, médusé. Moins par la critique du livre que par la liberté de ton et de langage technique avec laquelle ce ponte de l'ADN se confie à moi, comme si nous étions confrères, comme si les personnages de scientifiques que j'ai inventés avaient déteint sur moi. Je ne comprends pas tout, mais je hoche la tête, pour entretenir le climat de confiance qu'il a instauré entre nous, en espérant que la suite éclaircira le début. Se sentir imposteur tout en étant pris pour un expert par quelqu'un de compétent est une jubilation de gourmet.

– Garza-Valdès a travaillé sur des échantillons de sang transmis par le Pr Riggi, d'accord ? Celui qui était chargé du prélèvement de 1988 pour la datation au carbone 14. L'opération était terminée à midi, et Riggi, dit-on, est resté seul avec le Linceul pendant trois heures, pour effectuer ses prélèvements personnels. Eh oui, avec du ruban adhésif pour pomper le sang de la relique, comme le Dr Sandersen dans votre roman. Et ce sang, il l'a transmis pour étude à Garza-Valdès qui en a extrait l'ADN, avant d'en séquencer trois gènes : bétaglobine, amélogénine X, amélogénine Y... Ceux-là mêmes qu'il affirme avoir clonés.

Il marque une pause, les yeux brillants, tapote le bout de ses doigts devant son nez.

– Le problème, c'est que, dans le seul chapitre qu'il consacre à ses travaux génétiques, Garza-Valdès commet deux erreurs d'étudiant de première année : page 117, il dit que, dans l'amélogénine, le plus petit des deux fragments indique le chromosome Y, alors que c'est le contraire, et, tout au long du texte, il confond l'hybridation moléculaire et la réaction de polymérisation en chaîne. Pas mal, non ?

J'opine, avec une moue entendue.

– On dirait vraiment qu'il le fait exprès, enchaîne-t-il. Pour se protéger en décrédibilisant ses travaux.

– Se protéger de quoi ?

– Des conséquences. N'oubliez pas qu'il a travaillé sur des prélèvements effectués sans autorisation ni contrôle, condamnés par le Vatican. Dès lors que sa publication est contestable pour la communauté scientifique, on peut laisser l'information circuler librement, puisqu'elle contient son propre démenti.

Le machiavélisme serein qu'il prête à son confrère, en réponse aux agissements des puissances mystérieuses qui s'affairent autour du Linceul, n'a rien d'étonnant pour ceux qui connaissent un peu le sujet. Suivant les stratégies qu'on leur suppose, les dignitaires religieux et les autorités scientifiques qui ont géré de concert la datation au carbone 14 apparaissent, on l'a vu, incroyablement légers ou terriblement retors.

Concernant Riggi, j'avais entendu dire en effet qu'à l'heure de la sieste, on l'avait laissé tout seul avec la relique, pour s'étonner ensuite qu'il ait sorti ses petits adhésifs afin d'effectuer en douce des ponctions personnelles. Le Vatican commença par nier l'existence d'un matériel sanguin prélevé par Riggi. Puis il exerça des pressions pour l'obliger à le restituer. Riggi, quant à lui, on le verra plus loin, affirme avoir toujours agi *avec le plein accord et sous le contrôle permanent des autorités religieuses.* Comme si le but du Saint-Siège était de laisser filtrer des informations tout en contaminant leur source.

Cela dit, à propos des travaux de Garza-Valdès, je me permets d'objecter :

– Vous pensez qu'un scientifique serait prêt à saboter sa découverte en la truffant d'erreurs volontaires ?

– Il ne l'a pas sabotée : il en a tiré un best-seller. A supposer qu'une revue scientifique importante ait accepté de publier son séquençage, qu'en aurait-il retiré ? Les mêmes attaques sur le fond, aucune gloire et pas d'argent. Tandis que là, il vend en grande surface un produit contesté par ses pairs, la vérité est étalée en plein jour pour qu'on puisse mieux la combattre, et la morale officielle est sauve : ceux qui croient au Linceul de Jésus ne sont que des incompétents aveuglés par leur foi.

Il marque une pause, le temps que le serveur dépose devant moi un verre et une soucoupe de chips. Puis il reprend :

– Moi, en revanche, j'ai travaillé avec l'accord officiel de l'autorité compétente, je me suis tu pendant vingt ans parce que le moment n'était pas venu, et je m'apprête à publier mes résultats dans la revue de l'Académie des sciences américaine.

– Sur le Linceul ?

– Et la Tunique d'Argenteuil. Si je me réfère aux travaux comparatifs du physicien Marion et du botaniste Danin, c'est le même homme qui a saigné dans les deux linges. Et cet homme, moi, je sais qui c'est.

Après s'être renversé dans son fauteuil, il recadre sa cravate dans l'axe de son nombril et, sur un ton d'humilité démenti par un petit sourire malin, il précise :

— Sur le plan génétique, en tout cas.

Jésus est une plante verte

J'interromps la scène pour un message personnel.
Face aux révélations qui vont suivre, je préfère que
mes lecteurs gardent un minimum de distance. Et ce
n'est pas uniquement pour faire durer le suspense ; il
ne faudrait pas considérer ce chapitre comme une
pause publicitaire. Non, simplement, avant d'écouter
le Pr Lucotte décrypter son « ADN de Jésus-Christ »,
l'envie me vient de passer la parole, dans un souci
d'impartialité – du moins d'équilibrage – à ceux qui
affirment avoir démontré que les linges de la Passion
sont le fruit d'une arnaque. Commençons par le plus
disert, Henri Broch.

Dans son ouvrage intitulé *Le Paranormal*, paru au
Seuil en 1985 et réactualisé en 2001 pour l'édition de
poche (c'est à cette dernière que je me réfère), cet
auteur consacre un chapitre de vingt-neuf pages à ce
qu'il appelle, les guillemets sont de lui, *Le « saint
suaire » ou les grandes conséquences d'un petit acte
de népotisme.* Rappelons la définition du mot, employé
par lui au sens littéral : « faveur accordée par certains
papes à leurs neveux, leurs parents, dans l'administra-
tion de l'Eglise ». Henri Broch fait allusion au rema-

riage de la propriétaire du Linceul, en 1357, avec un oncle du pape Clément VII, lequel aurait donc autorisé par bonté familiale le culte officiel d'une relique bidon. C'est pour Broch tout à la fois le point de départ et la conclusion de l'affaire : les découvertes historiques et scientifiques, du Moyen Age à nos jours, ne sont d'après lui que faux témoignages et trucages variés tentant de justifier, a posteriori, ce coup de piston papal. « Faux mystère et vraie escroquerie » était le titre de son article de 1983 dans *Le Patriote Côte-d'Azur*, journal communiste niçois, où il jetait les bases de sa théorie du faussaire médiéval parrainé par un souverain pontife.

Pour ceux qui n'allumeraient jamais leur télé, il convient peut-être de préciser qui est Henri Broch. Auteur avec Georges Charpak du divertissement *Devenez sorciers, devenez savants*[28], professeur de physique à l'université de Nice, émule de Pyrrhon, un sceptique grec, il revendique son appartenance à la zététique, démarche philosophique qui prône « l'art du doute », et qu'on ne pourrait qu'applaudir si elle ne se traduisait malheureusement, dans la pratique, par une confusion fréquente entre le principe dubitatif et le raisonnement douteux. Penchons-nous sur sa démonstration.

Incapable, comme tout le monde, d'expliquer la formation d'un négatif photo sur un drap de lin, Henri Broch se contente de décréter que le problème est résolu : *ce n'est pas un négatif photo.* Son seul argument : « Les taches de sang, de couleur foncée normale sur l'image du suaire, deviennent blanches sur une image inversée. » Volontairement ou non, il confond donc l'empreinte sanguine (qui ressort en positif) et l'image du corps (qui, elle, est un négatif). Comme l'ont confirmé la Nasa et l'Institut d'optique d'Orsay, le crucifié a saigné dans le linge *avant que ne s'y imprime sa silhouette*, et *aucune fibre tachée de sang n'est affectée par la roussissure à l'origine de l'image*, mystère que notre auteur évacue par le silence, de même que l'inversion gauche-droite de la silhouette quand on observe le Linceul au naturel.

Dans la même page, Broch ouvre et clôt le débat suivant par une seule phrase : « Les diverses élucubrations sur les aspects médicaux que présenterait le "suaire" ont été balayées par des représentants du corps médical même. » Ah bon. A qui fait-il allusion ? Sans doute pas à son précurseur en zététique Yves Delage, professeur d'anatomie comparative à la Sorbonne, agnostique notoire, ennemi reconnu du surnaturel et du miraculeux. Après avoir démontré en 1902, devant l'Académie des sciences, que les blessures étaient d'une telle exactitude anatomique qu'elles ne pouvaient être l'œuvre d'un artiste ayant travaillé « en négatif », et qu'il s'agissait bien de l'image du personnage historique nommé Jésus, le Pr Delage vit sa publication totalement censurée par le secrétaire de l'Académie, Marcellin Berthelót – celui-là même qui, à l'époque, interdisait toute allusion à la théorie des atomes et des molécules, qualifiée par lui de « chimère » du même tonneau.

Pour confirmer le bien-fondé de sa thèse, on imagine que Broch va produire les meilleurs experts scientifiques disponibles sur le marché. En fait, il en a trouvé trois : un évêque, un illusionniste et un critique d'art

criminologue. Sans prétendre rivaliser avec lui dans le
recrutement des militants antiparanormal, personnellement j'en ai déniché une douzaine d'autres, qui présentent en outre l'avantage d'être un peu plus frais que
les siens, et de s'appuyer sur des découvertes récentes.
Mais je me les garde pour un prochain chapitre :
commençons par ceux qu'il a sélectionnés.

Mgr Pierre d'Arcis, d'abord, dont j'ai déjà parlé, qui
fut évêque de Troyes à la fin du XIVᵉ siècle. Broch
le trouve admirable, courageux et injustement traité.
Je suis bien d'accord. Mais comme la science a prouvé
que l'Image du Linceul, n'étant pas plus reproductible aujourd'hui qu'hier, est forcément infalsifiable,
l'évêque n'en est pas moins coupable de naïveté ou de
mensonge, s'étant laissé abuser par un prétendu faussaire ou l'ayant inventé de toutes pièces – même si c'était
pour une bonne cause. Laquelle, au fait ?

A lire son mémoire adressé au pape, Mgr Pierre
d'Arcis n'était ni un crétin ni un enfant de chœur : il
savait très bien quel danger il courait en s'opposant à
la tante du pape. Il fallait donc que, d'un côté, la fable
du faussaire repenti, et, de l'autre, le refus pontifical
d'ordonner la moindre enquête aient été dictés par une
nécessité impérieuse, voire une raison d'Etat. Broch
ne juge pas utile de s'y intéresser, et c'est dommage ;
sa défense de l'évêque aurait gagné en crédibilité.

Arrêtons-nous donc à la question cruciale : pourquoi
Clément VII censure-t-il si gravement son évêque, à la
tête depuis douze ans d'un des plus puissants diocèses
de la Chrétienté, où il s'était acquis une réputation
d'intelligence et d'intégrité sans faille ? Pourquoi, surtout, le pontife enterre-t-il le dossier de manière aussi

spectaculaire ? L'hypothèse du coup de piston familial à laquelle se cramponne Henri Broch est un peu courte, pour ne pas dire simplette.

En réalité, me semble-t-il, l'urgence est d'éviter qu'une enquête, remettant au jour les liens de la famille Charny avec l'ancien ordre du Temple, n'amène à soupçonner que « l'idole » des Templiers, loin d'être un quelconque « démon musulman », comme l'affirmait l'Inquisition, ait pu être l'authentique Linceul du Christ. Nous sommes en 1389, de très fortes pressions des nations chrétiennes s'exercent contre la France pour qu'elle reconnaisse la papauté romaine, et Clément VII, pape avignonnais, n'a aucune envie de voir ressurgir les fantômes des Templiers massacrés avec la bénédiction de son prédécesseur Clément V, premier pontife d'Avignon.

Quand l'évêque Pierre d'Arcis déplore de ne pouvoir s'exprimer « pleinement ou suffisamment par écrit pour dénoncer la nature douloureuse du scandale, le mépris qui en rejaillit sur l'Eglise, et le danger encouru par les âmes », à quoi fait-il référence ? Quelle menace redoute-t-il au point de ne pouvoir la mentionner dans son mémoire ? S'agit-il des quelques offrandes extorquées aux pèlerins abusés par une fausse relique, situation qui, à l'époque, dans les diocèses, était monnaie courante ? Ou soupçonne-t-il la famille Charny de vouloir, en ressuscitant le culte de « l'idole », redonner vie, idéal et structures aux chevaliers du Temple ? Signalons qu'en 1352, Geoffroy de Charny avait fondé une sorte de confrérie militaire et parareligieuse, l'ordre de l'Etoile, aux statuts semblables à ceux des Templiers anéantis par Philippe le Bel et Clément V.

Pour éviter que le Linceul ne redevienne l'emblème et l'enjeu d'une nouvelle quête du Graal, mettant en péril la couronne de France et la tiare d'Avignon, fallait-il l'interdire en tant qu'œuvre de faussaire, comme le tenta l'évêque de Troyes, ou autoriser sous surveillance la dévotion localisée à cette « représentation de la Passion », comme en décida le pape ? Je n'ai pas la réponse, mais si je comptais sur Henri Broch pour creuser la question, c'est raté.

Abandonnant l'évêque à son châtiment, ce « silence perpétuel » infligé par le Saint-Père, le zététicien niçois convoque son deuxième témoin à charge : Joe Nickell, illusionniste. Ce dernier fabrique en effet des Linceuls de Turin à la pelle, en plaquant sur un bas-relief une toile de lin humide. Gentiment, il a communiqué sa recette à Broch qui la diffuse dans les médias : « Tapotez avec une brosse pour que la toile épouse bien les contours, puis frottez avec un tampon portant le coloris choisi, oxyde de fer et vermillon. Laissez sécher ; c'est prêt. » En effet. Pour ceux qui ont vu le résultat, il existe autant de ressemblance avec l'Image du Linceul qu'entre une pietà de Michel-Ange et le poster de Madonna. Mais Broch n'en a cure : chez les rationalistes comme chez les croyants, il n'y a que la foi qui sauve – du moins les apparences.

Arrive le troisième spécialiste, Walter McCrone, ce criminologue spécialisé dans la détection des faux tableaux et documents historiques bidon, célèbre pour avoir expertisé en tant qu'imitation du XXᵉ siècle une carte du Canada qui datait en réalité de 1440. Broch passe naturellement cette grosse bourde sous silence ; en revanche il précise longuement que les scientifiques du STURP tiennent ce détecteur de contrefaçons en haute estime, puisqu'ils lui confient en 1978 trente-deux échantillons du Linceul pour analyse.

Verdict de M. McCrone : l'image a été peinte avec les doigts, au moyen d'oxyde de fer et de vermillon. « Ce qui est crucial, écrit Broch, c'est le fait que la présence de pigments, ne pouvant *en aucun cas* venir du sang ou de toute autre substance corporelle, est démontrée *sans équivoque*. » Bigre. Il semble oublier que le fer se trouve *aussi* dans le sang, comme le lui fait remarquer le Pr Baima Bollone, directeur de l'Institut médico-légal de Turin, qui a démontré, à la suite de Heller et Adler, la présence sur le Linceul de globuline et d'albumine humaines[29]. Quant aux quelques traces de vermillon, jaune d'arsenic, bleu outremer, azurite, charbon de bois et rose de garance, qui semblent tant émouvoir le zététicien, elles proviennent, c'est vrai, de pigments de peinture disponibles au XIVe siècle. Mais en aucun cas elles ne *constituent* l'image, sur laquelle n'importe quel spécialiste aurait décelé le tracé directionnel laissé par un pinceau ou « les doigts » de M. McCrone.

De toute manière, en fait de pigments, même si Broch omet de le préciser, il s'agit de quelques dizaines de fragments microscopiques perdus parmi les poussières recouvrant le tissu. On sait qu'à partir du XIVe siècle, les peintres exécutant des reproductions du Linceul, lors des ostensions, avaient coutume d'appliquer leur œuvre une fois sèche contre la relique, afin que celle-ci lui confère son caractère sacré. C'est peut-être naïf, mais ça suffit à expliquer les pigments de McCrone. Du reste ce dernier, par expérience, fit montre d'une certaine souplesse dans les conclusions de ses expertises. Il déclara un jour que, finalement, ce Linceul avait été peint après 1800 avec de l'eau de rouille [30]. Broch n'en fait pas mention. C'est dommage car, à ma connaissance, cette dernière affirmation n'a jamais été démentie. Je reviendrai plus tard sur les perspectives étourdissantes qu'elle ouvre, bien au-delà de ce que soupçonnait le défunt McCrone.

Fin des témoignages à charge. Ah non, j'en oublie trois : Marc, Matthieu et Luc. Henri Broch convoque en effet les trois évangélistes pour les opposer à leur collègue Jean, le seul à parler de clous. « Le seul, poursuit-il, qui nous donne les détails qui ont tant ébloui les « experts » du « saint suaire », comme par exemple les jambes non rompues et le coup de lance au côté. En bref, *tout* dans cette affaire repose sur l'Evangile selon saint Jean et sur lui *seul*, et on le prend *à la lettre* pour retrouver les détails sur l'image du suaire. » Extraordinaire, cette phrase ! A la chandeleur, Broch serait le roi du retournement de crêpes. Il me semble que c'est le Linceul qui tend à prouver l'exactitude des Evangiles, et pas le contraire.

Venons-en au sang. Il fallait bien qu'il aborde la question : on ne peut pas éternellement soutenir sans preuve qu'il s'agit de peinture, de rouille ou de ketchup. Alors, déployant une fois encore sa mauvaise foi ou, pire, son ignorance du sujet, il désintègre sans les nommer les chercheurs, hématologues, chirurgiens, généticiens qui ont mis en évidence hémoglobine, albumine humaine et bilirubine : « Aucun travail ne prouve la présence de sang. Quelques tests présentés à grand renfort de publicité semblent montrer que des porphyrines sont présentes, ce qui a fait conclure à plusieurs membres du STURP que "la présence de sang humain est prouvée". Je pourrais, moi, des mêmes tests, conclure brillamment que Jésus-Christ n'était pas un homme, mais une belle plante verte. »

Soit. La chlorophylle contient de la porphyrine, donc Jésus avait le sang vert. Passons aux pollens ; l'ami Henri a sûrement d'autres révélations de ce calibre à nous fournir. Eh bien non, dommage. En fait, il n'y a pas de pollens. Pourquoi ? Parce que Max Frei, le directeur du laboratoire de la police scientifique de Zurich, était à la retraite quand il a prétendu les avoir trouvés. Comme il est mort avant de publier ses résultats dans une revue scientifique, c'est, pour notre champion de « l'art du doute », la preuve qu'il était gâteux, mythomane ou malhonnête. Et Broch de conclure : « Aucun autre scientifique, avec deux ensembles additionnels d'échantillons sur ruban adhésif, n'a vu le pollen que Frei prétend avoir trouvé. »

Notre zététicien écrit cela en 2001, je le rappelle. A cette époque, le Pr Danin, de l'Université hébraïque de Jérusalem, avait déjà publié sa confirmation des travaux de Max Frei, et poursuivi ses recherches comparatives sur les pollens du Suaire d'Oviedo.

Quelques pages plus loin, Henri Broch reproche aux chercheurs du STURP d'être chrétiens à quarante contre un, et donc suspects de partialité, quant à l'authenticité de ce drap qui aurait contenu le Fils de Dieu. Pouvant difficilement, sur ce sujet, imputer les découvertes d'Avinoam Danin au fait qu'il soit juif, il passe ses résultats sous silence.

Je pourrais continuer ainsi à disséquer longtemps la méthode Broch, mais j'ai laissé dans un bar d'hôtel un généticien qui attend la fin de ce chapitre pour continuer ses révélations. Passons donc aux remerciements. A l'issue d'une conférence sur « l'escroquerie du saint suaire », qui lui avait valu de méchantes attaques de calotins crédules, Henri Broch raconte qu'un abbé niçois lui aurait déclaré : « Merci de dépoussiérer l'Eglise catholique. » Galvanisé par cette conception pastorale de l'aspirateur, Henri le Pieux conclut son texte sur le Linceul en se drapant dans la datation médiévale au carbone 14, comme si elle était toujours d'actualité : « Depuis cette date mémorable, j'attends avec impatience les lettres de félicitations et d'excuses que, au vu de la haute rigueur intellectuelle et morale dont ils se caractérisent, les grands esprits indignés ne devraient pas manquer de m'adresser, pour me faire part de leurs erreurs d'analyse, mais surtout de leur remords et de leur peine de m'avoir vilipendé et jeté la première des tonnes de pierres. J'attends toujours... »

Nous aussi. A défaut de félicitations, saluons au moins la constance de l'artiste. Avec tant d'omissions et si peu d'arguments, il faut un certain courage à M. Broch pour continuer à monter au front, mais sa méthode le protège. Le ridicule tue, certes, mais moins souvent le tireur que la cible.

Précisons que notre zététicien niçois a accepté bien volontiers, sur le principe, de réaliser devant la caméra d'Yves Boisset sa recette du « Linceul à la Broch ». Seule condition pour effectuer sa démonstration de contrefaçon sur Canal +, il a demandé qu'on verse de l'argent à son laboratoire. Notre producteur, Philippe Alfonsi, n'a pas souhaité donner suite, non par souci d'économie mais dans un réflexe d'éthique, estimant que la manière la plus convaincante de s'opposer aux « forces de la superstition » n'est pas de faire commerce de son scepticisme. C'est donc un émule italien d'Henri Broch, le Dr Luigi Garlaschelli, chimiste à l'université de Pavie, qui a réalisé dans notre film sa propre version de l'Image du Linceul à partir d'un bas-relief – guère plus convaincante mais gratuite.

Coïncidence ou contre-feu ? En juillet 2005, quelque temps après l'annonce du tournage de notre enquête, paraît dans *Science et Vie* un dossier précédé d'un tapage médiatique des plus excitants : le magazine aurait réussi, lui, à fabriquer un vrai faux Linceul *« cent pour cent identique à l'original »*. Ce sont les termes employés sur Europe 1, le 21 juin 2005, par Paul-Eric Blanrue, l'historien photogénique ornant les seize pages que le magazine consacre au sujet, sous le titre : « La science aveuglée par la passion ». Tempête dans un bénitier, ou coup de bluff estival ? La rumeur parisienne est excellente, on parle d'un « scoop d'enfer ».

En réalité, un article péremptoire truffé d'approximations et d'oublis se contente de nous resservir les théories de Broch ci-dessus exposées, afin d'emballer le gadget offert aux lecteurs pour l'été : une énième resucée du bas-relief recouvert d'un drap de lin humide qu'on tapote avec de la rouille – la vieille recette de l'illusionniste Joe Nickell relookée en plat du jour par un médecin marseillais, le Dr Jacques Di Constanzo.

« Le résultat est tout bonnement surprenant, et très très convaincant », se félicite la rédaction. Le lecteur a pu en juger sur pièces : il s'agit d'une sorte de dessin d'enfant qui, une fois traité en négatif, donne une impression de relief. C'était le scoop.

Personnellement, ce qui me dérange le plus n'est pas la partialité inhabituelle de ce magazine que j'aime bien par ailleurs : c'est, en l'occurrence, son manque d'ambition. Quand donc un scientifique digne de ce nom aura-t-il le courage de s'attaquer *vraiment* au problème ? C'est-à-dire, au lieu d'imprimer inlassablement des grosses têtes frottées de rouille, de réaliser *en pied* une reproduction satisfaisante de cette image-empreinte que le faussaire inconnu aurait fabriquée au Moyen Age. Nous avons tenté en vain, pour notre film, de trouver un scientifique ou un artiste qui, alliant les moyens techniques d'aujourd'hui aux ingrédients disponibles à l'époque médiévale, effectue une *vraie* copie présentant l'aspect et les propriétés de l'Image du Linceul. J'imagine que *Science et Vie* a déployé les mêmes efforts que nous. Mais, en dépit d'une démarche similaire, nous n'avons pas eu l'outrecuidance, nous, de gonfler nos résultats en faisant passer l'artefact du Pr Garlaschelli (comparable à celui du Dr Di Constanzo) pour une preuve par défaut « cent pour cent identique à l'original ». Ce n'est pas en prenant les gens pour des crétins qu'on renforce leur esprit critique.

Et puis la carence en informations qui baigne l'article de *Science et Vie*, si elle peut abuser le profane, consterne quand même ceux qui connaissent un peu le sujet. Un exemple parmi d'autres ? « L'annonce de la détection du groupe sanguin de l'homme du suaire, AB, faite par l'Italien Baima Bollone, de l'université de Turin, dans les années quatre-vingt-dix, ne peut quant à elle être prise au sérieux puisqu'elle n'a pas été publiée. » Ah tiens ? Il suffit de se procurer *101 questions sur le Saint Suaire*, l'un des ouvrages du Pr Baima Bollone disponible en français aux Editions Saint-Augustin, pour trouver ses études complètes sur le sang commentées à l'intention du grand public, ainsi que les références des articles scientifiques qu'il leur a consacrées.

Mais, plutôt que de rapporter et contester au besoin les découvertes d'un directeur d'institut médico-légal qui a passé trente ans de sa vie à étudier le sang du Linceul, *Science et Vie* préfère solliciter l'avis d'un expert du Conseil national de la sécurité routière. Ce dernier, le Pr Claude Got, trouve que les plaies de l'homme du Linceul sont trop imprécises dans leur forme et leur couleur pour qu'on puisse affirmer qu'elles sont de nature biologique. Bon. En revanche, lorsqu'il s'agit des cent vingt traces de coups de fouet, qui ont la forme exacte des plombs accrochés aux lanières du *flagrum* romain des premiers siècles, que nous disent les gens de *Science et Vie* ? « La précision de leurs impacts est trop grande pour être réaliste. »

D'accord. Iraient-ils jusqu'à prétendre que, si le bras droit de l'Image est plus long que le gauche, ce n'est pas un effet du supplice mais de la pudeur du faussaire, qui a permis ainsi au crucifié de dissimuler son sexe avec sa main ? Oui. C'est même la conclusion d'un encadré, où ils inventent par ailleurs que le pape Clément VII donna raison à Mgr Pierre d'Arcis, le premier

qui contesta l'authenticité du Linceul et voulut interdire son culte. Rappelons que le pontife condamna
en fait son évêque au silence perpétuel, sous peine
d'excommunication, ce qui est une façon assez particulière d'abonder dans son sens...

Enfin, *Science et Vie* présente le Pr Marion comme
un aimable crédule – alors qu'il est non croyant, et
qu'il s'efforce depuis des années de trouver une
réponse rationnelle au défi que lancent à la raison les
linges de la Passion. Et voilà le malheureux ingénieur
du CNRS accusé *à la fois* d'avoir exhibé sans retenue
ses découvertes dans deux ouvrages destinés au grand
public (beurk), et, dans ses publications scientifiques,
de s'être montré « *trop prudent* » au niveau des
conclusions.

« Il n'est visiblement pas facile de placer sa spécia-
lité scientifique au-dessus de ses croyances », conclut
l'article. Remplacez « croyances » par « préjugés »,
et vous trouverez la raison de ce coup d'épée dans
l'eau bénite que les zététiciens de Broch inspirèrent
à *Science et Vie*. Au mois d'août, André Marion y
répondit dans *VSD* par un dossier complet sur l'état
réel des découvertes scientifiques sur le Linceul et les
deux autres reliques complémentaires, reliques dont
Science et Vie avait naturellement oublié de mentionner
l'existence.

Réaction des zététiciens ? Ricanements. On les
comprend : pour un esprit éclairé, que pèse le *Hors-
série Paranormal* de *VSD* face au prestigieux *Science
et Vie* ? Moralité de cette fable de La Fontaine revi-
sitée : si vous voulez être pris au sérieux, étalez vos

a priori dans une revue chic plutôt que vos connaissances dans un magazine populaire.

Quoi qu'il en soit, pendant que les « esprits éclairés » tamponnent des bas-reliefs en s'extasiant sur leurs petits coloriages, d'autres chercheurs poursuivent, à l'écart de la scène médiatique, des travaux autrement plus dangereux. Finalement, ce que je reproche à *Science et Vie*, c'est de marteler un « Circulez, y a rien à voir » alors que, justement, il est peut-être urgent de nous arrêter pour examiner ce qui est en train de se passer. Car les risques de dérive à partir des « saintes reliques » sont bien plus graves que ce qui fait glousser dans les rédactions parisiennes les bien-pensants du « scientifiquement correct ».

Avant de rejoindre devant son cocktail sans alcool le généticien qui prétend détenir l'identité génétique du Christ, rappelons quelques calculs statistiques sur lesquels *Science et Vie* observe un silence pudique. Au début du XXe siècle, le Pr Yves Delage – encore plus agnostique qu'André Marion – reconnaissait, au terme de son enquête, qu'il y avait à peine une chance sur dix milliards que le Linceul de Turin ne soit pas celui de Jésus (le cadavre d'un homme flagellé, crucifié, couronné d'épines, percé d'un coup de lance...). Cent ans plus tard, au vu des découvertes accumulées entre-temps, le mathématicien Bruno Barberis, de l'université de Turin, a établi qu'il ne restait plus qu'une chance sur deux cents milliards. Giulio Fanti, lui, de l'université de Padoue, va jusqu'à une chance sur dix suivi de cent zéros.

Si le Verbe s'est fait chair, aujourd'hui la chair s'est transformée en chiffres. A ce niveau de statistique, et compte tenu de la conservation « miraculeuse » du sang sur les trois reliques, certains ont pris le calcul des probabilités pour un message et conclu, face aux progrès extraordinaires de la génétique moléculaire, que le retour annoncé du Messie devait passer par le clonage.

En 2004, l'hypothèse de romancier que je développais dans *L'Evangile de Jimmy* était déjà, à mon insu, réalité.

Génétique du Graal
(suite)

Retour au bar d'hôtel où le Pr Lucotte entame son troisième cocktail à ombrelle, en m'expliquant les conditions dans lesquelles il s'est retrouvé détenteur de l'ADN du Messie présumé.

– Ma femme est native d'Argenteuil. Elle m'avait raconté l'histoire de cette Tunique enfermée dans la basilique, mais j'avais écouté d'une oreille. Vous savez, je fais partie de ces chrétiens de naissance que l'éducation religieuse a détournés de l'Eglise. Avec l'âge, je voudrais bien croire, mais bon, c'est comme ça, chacun sa vie : je me suis contenté de travailler. Or, voilà qu'un jour...

Il s'arrête pour boire une gorgée, l'œil brillant, promène un regard de suspense autour de lui, clappe de la langue, demande des cacahuètes, puis revient vers moi.

– Voilà que ma belle-sœur me demande d'être le parrain de sa fille. Après le baptême, j'échange quelques mots avec le curé, comme ça. Je lui pose des questions sur sa relique, je lui demande si elle comporte des taches de sang. Il acquiesce. Je lui dis que ça m'intéresse, je demande à l'examiner. Il me répond que ce serait avec plaisir, mais que c'est un monument historique : il me faut une autorisation du ministère de la Culture. La semaine suivante, j'obtiens un rendez-vous, je rencontre le responsable. Je retourne à la basilique avec ma lettre d'accord, le curé ouvre son reliquaire, et me voici seul face à la fameuse Tunique sans couture, effectivement couverte de sang.

Il prend une longue inspiration, bloque l'air, hoche la tête.

– Et alors ?

– Je la lave.

– Pardon ?

Il vide son verre.

– C'est le terme que nous employons. Un produit fixe les protéines du sang, je récupère le tout dans un tube, et je l'emporte au labo pour en extraire l'ADN. J'en trouve cinq microgrammes. Je l'amplifie au moyen de l'hybridation moléculaire, puis, dix ans plus tard, j'améliore les résultats avec la PCR, la réaction de polymérisation en chaîne qu'on venait d'inventer. Heureusement, j'avais cloné le matériel pour me constituer une banque.

Il a relaté l'événement avec un ton banal et un air dégagé, comme s'il voulait donner le change à d'éventuels espions dissimulés dans le bar. La gorge sèche, je demande :

– Vous avez cloné *quoi*, exactement ?

– Les fragments d'ADN. Je me suis créé un stock, si vous voulez, pour mes recherches ultérieures. J'ai fait trois dépôts : un à l'Institut Pasteur, un dans une banque américaine, le troisième dans un lieu que je garde secret.

– Mais ça se conserve comment, l'ADN ?

– À quatre degrés. Sous forme lyophilisée, qu'on réhydrate lors des manips.

Je contemple avec perplexité l'homme qui garde depuis vingt ans les gènes de Jésus dans son frigo. Je lui demande qui est au courant.

– Personne. Les techniciens qui ont effectué l'extraction et le séquençage ont toujours opéré en aveugle. Je leur glissais Argenteuil entre deux travaux sur des ADN de Parkinson ou de myopathe. J'ai gardé mon secret jusqu'à aujourd'hui.

– Et pourquoi vous me le confiez ? Pourquoi moi ?

Il me rend mon regard.

– Parce que le temps de communiquer est venu. Scientifiquement, je sais où et comment publier, mais pour le reste... Vous avez déjà traité le sujet par la fiction : vous connaissez les forces en présence. Les conséquences médiatiques, humaines et religieuses de mes résultats seront gigantesques ; je ne sais pas comment les gérer, je serai attaqué de toutes parts et je mettrai des tas de structures en danger : je ne veux pas faire n'importe quoi et j'ai besoin de vos conseils.

J'avale ma salive, l'air à la fois modeste et fiable, lui demande la teneur de ses résultats.

– D'abord ils confirment le groupe sanguin : AB. Le plus rare aujourd'hui – deux pour cent de la population mondiale. Et vous savez ce que cela signifie. Jésus, si c'est lui, a forcément une mère A et un père B, ou le contraire. Joseph est son père biologique et Marie n'était pas vierge.

J'objecte :

– J'ai lu que les sangs très anciens évoluent vers le groupe AB.

– C'est faux. Si le sang doit évoluer avec le temps, c'est en perdant les caractéristiques qui permettent d'affiner son analyse, et donc il tendra vers le groupe O. La fausse rumeur a été lancée pour faire croire que, si les sangs d'Argenteuil, de Turin et d'Oviedo sont du même groupe, ce n'est pas parce qu'ils proviennent du même homme, c'est parce qu'ils sont vieux. Croyez bien qu'avant de me décider à publier la vérité, j'ai fait le tour des mensonges en vigueur pour savoir où je mettais les pieds.

– Et l'ADN, qu'est-ce qu'il révèle ?

Il pose le coude sur la table, lève son poing fermé, puis déplie les doigts l'un après l'autre. D'une voix à peine audible, il énumère :

– C'est un homme. Un homme ordinaire, avec des chromosomes X et Y. Il n'est ni africain ni asiatique, mais caucasien. Blanc. Il n'a pas les cheveux roux – il y aurait des marqueurs spécifiques. Il n'a pas non plus les yeux bleus. J'ai comparé ses haplotypes du chromosome Y avec mes collections d'ADN sémite ancien : il est juif. Et il est porteur de la FMF, la fièvre méditerranéenne familiale. Une maladie très rare aujourd'hui mais courante aux premiers siècles en Palestine, qui se traduit par des poussées de température fréquentes et, sur le tard, des complications rénales. Ça se soignait à la colchicine. Il n'a pas développé les signes de la maladie, mais il pouvait la transmettre.

Le généticien regarde la rondelle d'orange au fond de son cocktail sans alcool, avec un élan de nostalgie, murmure :

– Nous avons au moins un point commun, Jésus et moi.

– C'est-à-dire ?

– Moi aussi, je suis sous colchicine. A cause de la goutte.

Je laisse passer quelques secondes de silence, récapitule :

– Donc, il a toutes les caractéristiques d'un homme normal ?

– Toutes. Un homme normal qu'on torture pendant des heures, qui meurt et se désintègre dans son linceul.

Il ramasse son cartable, l'ouvre. Tandis qu'il range les documents qu'il m'a montrés, il ajoute sans me regarder :

– Du moins si André Marion, Avinoam Danin et les autres ont raison. Si c'est bien le même homme qui a saigné dans les différents linges. Et ça, je le saurai bientôt avec certitude.

– De quelle manière ?

– J'ai transmis une demande officielle à Turin pour obtenir un échantillon de sang du Linceul, et comparer les ADN. J'attends. Je vous tiendrai au courant.

Je tends la main vers l'addition, il me prend de vitesse et tire à lui la soucoupe.

– Qu'est-ce qui vous motive, professeur, depuis vingt ans ?

Il sort son portefeuille, sans se troubler, tout en me répondant avec la gravité sereine de ceux qui ont choisi de prendre leur temps, au cœur d'une entreprise dont l'enjeu les dépasse :

– Je veux comprendre, à travers son sang, le message génétique qu'il nous envoie. C'est ça, la quête du

Graal, la vraie. Comprendre. La Table ronde, aujourd'hui, c'est un labo. Et c'est pourquoi on a besoin de vous. Marion et moi, nous sommes les vieux chevaliers fourbus qui trimons pour trouver les indices. Le chevalier de l'image et le chevalier du sang. Vous, si vous l'acceptez, vous serez Gauvin, le chevalier qui raconte. Mais réfléchissez avant de le faire : vous en prendrez plein la gueule. Marion, on a tout fait pour étouffer ses travaux, les miens, personne ne les connaît encore. Vous, avec votre audience, on ne vous passera rien.

Je lui réponds d'un ton net : j'ignore la peur, mon domaine c'est l'imaginaire, rien ne m'arrête, mais je ne me laisse jamais récupérer par quiconque.

– Vous verrez, sourit-il avec mansuétude. Seuls les gens qui ne dérangent personne sont irrécupérables. Ça ne vous fera rien, d'être attaqué conjointement par les croyants et les sceptiques ?

– Non. Je veux bien raconter votre aventure, mais je ne serai pas votre porte-parole. Si on découvre une supercherie...

– Laquelle ? bondit-il avec un retour de méfiance.

– Si on prouve qu'il ne s'agit pas du même homme, a fortiori de Jésus, je le dirai.

Il pose son cartable sur ses genoux, baisse les yeux. L'enfant déçu qu'il devait être cinquante ans plus tôt reprend possession de son corps de notable empâté. Le mandarin de la neurogénétique n'est plus qu'un ancien gosse buté qui refuse que la vie transforme les certitudes en illusions. Avec une douceur triste, il murmure :

– Je voudrais tant y croire. Mais je pense que le ciel est vide, qu'il n'y a rien après la mort, que Dieu n'est qu'une équation qui se fout du résultat. En tout cas, si c'est bien à Jésus que nous avons affaire, il n'y a rien de divin dans ses gènes. A moins que...

Il relève les yeux. Je lis la suite dans son silence, dans la lueur d'espoir qui embue son regard. A moins que la foi de cet homme ordinaire, multipliée par celle de milliers de disciples et de témoins, lui ait conféré le pouvoir de « réinformer la matière », pour reprendre les termes du théologien Claude Tresmontant[31], de « réorganiser ce qui s'était désorganisé ». Chacun de nous aurait-il les moyens de vaincre la mort, de franchir les limites que la peur nous inflige ?

Dieu s'est incarné pour sauver l'homme du péché, dit le Nouveau Testament, mais quel péché ? Le péché originel tel qu'on nous l'a appris est un contresens commis par saint Augustin. Quand il a traduit du grec en latin l'Epître aux Romains de saint Paul, il s'est trompé de pronom relatif[32]. Dans le texte original, c'est la mort qui devient héréditaire à cause du péché d'Adam, pas le péché lui-même. Il ne s'agit pas de la transmission automatique d'une faute à des générations d'innocents, absurdité incompatible avec l'amour divin, mais simplement de la conscience de la mort en tant que point final. L'illusion que tout s'arrête avec elle et qu'elle ne débouche sur rien.

Et si les linges de la Passion étaient un *post-scriptum* ? Un rappel en trois parties du message essentiel du Nouveau Testament : l'amour est la seule énergie qui transcende la mort – au sens étymologique de *monter à travers*. Toute énergie se transforme : la lumière en électricité, l'électricité en mouvement, le mouvement en chaleur... Si la pensée est une forme particulière de l'énergie, l'amour en est l'expression la plus puissante. Mais, pour toute transformation d'énergie, il faut une machine. Et c'est ainsi que le biologiste et physicien Louis-Marie Vincent [33] déclare : « Je me demande si l'homme ne serait pas la *machine* à transformer l'amour en une autre sorte d'énergie. »

Les trois reliques, dans ce cas, fourniraient-elles à l'homme son véritable mode d'emploi ?

Recherche faussaire désespérément

Avant de creuser l'hypothèse vertigineuse à laquelle m'ont amené les conclusions du Pr Lucotte, demandons-nous quand même encore une fois si l'ADN enfermé dans son frigo n'est pas celui d'un supplicié du Moyen Age.

Le lecteur, comme moi, a dû rester quelque peu perplexe devant la minceur et l'invraisemblance des arguments brandis au nom de la « raison » par les partisans du faussaire inconnu. Mais il ne faut pas s'en tenir aux légèretés de McCrone, Broch ou Blanrue, relayées par un *Science et Vie* qui nous ramène aux temps joyeux de *Pif Gadget*. D'autres chercheurs ont bâti contre la thèse du prodige divin des théories bien plus solides, originales ou délirantes.

Commençons par l'explication magique, l'évidence suprême qui refleurit périodiquement dans la presse. Notre faussaire ne peut être qu'un génie absolu, doublé d'un très grand initié ? Très bien, alors c'est Léonard de Vinci. Et son œuvre est un « autoportrait en situation christique », caractérisé par le fameux *sfumato*, cette technique atténuant les contours qu'il prisait tout particulièrement, améliorée par le principe de la photo-

graphie qu'il aurait ainsi inventée au même titre que
l'hélicoptère ou la mitraillette. Lynn Picknett, l'un
des auteurs anglais défendant cette thèse [34], en a même
apporté la preuve définitive : c'est Léonard de Vinci
en personne qui, par écriture automatique, lui a
confirmé être l'auteur du Linceul. Léger détail : ledit
Vinci oublie, dans ces conditions, qu'il est venu au
monde un siècle après les premières ostensions du Linceul à Lirey en Champagne.

Cette fausse piste éliminée, qu'avons-nous d'autre ?
Citons, parmi les ingrédients que des chercheurs ont
proposés pour fabriquer l'Image : le bitume de Judée,
l'acide gastrique d'un ruminant combiné avec du
cuivre, ou encore, pour les partisans d'une impression
du tissu par un procédé naturel sans intervention
d'artiste, les vapeurs d'ammoniac provenant de l'urée
contenue dans le sang et la sueur. On a même parlé
d'un drap « souillé par incontinence lors d'une épi-
démie de peste ». Plus sérieusement, selon les chercheurs Volckringer, Pellicori et Ribay, l'empreinte
aurait pu se former sur le Linceul à la manière d'un
herbier : une oxydation aboutissant à la dégradation de
la cellulose. Des expériences ont montré en effet que
des plantes enfermées entre deux draps de lin laissaient
une trace dont la couleur ressemble à celle de l'Image
du Linceul. Mais elle traverse le support, alors que le
corps du supplicié ne s'imprime qu'en surface et sur
certaines fibres. Aucune de ces tentatives d'explication
ne résistant à l'examen comparatif, nous devons chercher ailleurs.

Une des hypothèses les plus séduisantes nous est pro-
posée par le père François Brune, enquêteur infatigable

sur les vrais prodiges et les faux miracles, passionné par le travail des scientifiques sur les faits inexpliqués. Dans un ouvrage récent [35], il révèle que, depuis 1999, une centaine d'essais ont été effectués pour imputer la formation de l'Image à un phénomène auquel on n'avait pas encore songé : l'énergie sismique.

Se souvenant que l'Evangile de Matthieu mentionne deux secousses de forte magnitude, la première à la mort du Christ et la seconde lorsque les saintes femmes arrivent au tombeau, des chercheurs italiens ont disposé dans une cavité du Piémont occidental, zone faiblement sismique, des objets sur des tissus de lin rabattus sur eux-mêmes. Et leur surprise fut grande en découvrant, au lendemain de secousses enregistrées par les sismographes, des images *superficielles* de ces objets formées par projection *orthogonale* sur les deux pans de ces tissus – deux des propriétés si particulières à l'Image du Linceul. De plus l'expérience est reproductible, mais à une seule condition : les tissus doivent être imbibés d'aloès, cette substance utilisée pour le traitement des cadavres et qu'on retrouve sur le Linceul de Turin. Le prodige du Ciel ne serait donc que l'effet d'un tremblement de terre ? Malheureusement pour la beauté de la démonstration, les objets renfermés dans le lin ne se sont pas désintégrés.

Cela dit, les zététiciens ne s'intéressent guère aux tentatives d'explication « naturelle » : ils préfèrent s'en tenir mordicus à leur obsession du faussaire médiéval. Très bien. Je vais apporter de l'eau fraîche à leur moulin.

Essayons de tracer le portrait-robot de ce faussaire. C'est un grand artiste, aux connaissances médicales époustouflantes pour son époque. C'est un bourreau, ou du moins le metteur en scène scrupuleux des supplices décrits dans les Evangiles. Il connaît une méthode – jamais retrouvée depuis – pour séparer un corps d'un tissu au bout de trente heures sans le moindre arrachement des caillots de sang. C'est aussi l'inventeur de la photographie, cinq siècles avant Nicéphore Niepce, mais il se garde bien de tirer profit de sa découverte, car il est modeste et désintéressé. Son seul but est de convaincre les savants des siècles futurs de la disparition miraculeuse de Jésus dans son drap de mort. Ainsi, il multiplie les détails inutiles, invisibles pour ses contemporains, comme la rétractation des pouces, conséquence physiologique de la crucifixion par les poignets, impossible à voir avant les clichés de 1898. Et il découvre le moyen de fabriquer, *après* l'empreinte sanguine, une image en 3D par oxydation de la cellulose sur une épaisseur inférieure à celle d'un cheveu. C'est en outre un grand voyageur doublé d'un merveilleux visionnaire car, prévoyant qu'un jour on inventerait le microscope électronique, il a recueilli des pollens spécifiques en allant de la mer Morte à la Grèce en passant par la Turquie, l'itinéraire logiquement suivi par la relique si elle était authentique.

Bref, « c'est le plus grand savant de tous les temps, puisque cela fait quatre-vingt-dix ans qu'une bonne partie de la communauté scientifique n'est pas arrivée à faire comme lui [36] ». Telle est la conclusion d'Arnaud-Aaron Upinsky. Pour ce mathématicien épistémologue, chargé de superviser le symposium scientifique de Rome en 1993, l'incorporation de toutes ces informations « encryptées », destinées aux siècles futurs, appelle une seule conclusion : « Le Linceul est bien le film-empreinte d'un événement réel, et non d'un simulacre artificiel. »

Bien. Mais j'ai une autre proposition. L'image qui se rapproche le plus de celle du Linceul, de par la couleur et le phénomène d'impression en surface, date de 1989. C'est celle que le père Jean-Baptiste Rinaudo, professeur de physique nucléaire à l'université de Montpellier, réalisa en bombardant de protons, dans un accélérateur de particules, un tissu datant de l'époque égyptienne. Je reviendrai sur ces travaux hallucinants dans le chapitre suivant, mais d'ores et déjà se pose une question cruciale : durant les examens effectués en 1978 par le STURP et la Nasa, les scientifiques auraient-ils eu les moyens de *créer* les caractéristiques et les propriétés qu'ils allaient officiellement découvrir sur le Linceul ? Car si ce dernier est un faux, et je m'étonne qu'aucun sceptique n'ait jamais formulé cette hypothèse, c'est un *faux à répétition*.

Le chimiste Garlaschelli, involontairement, m'a mis sur cette piste en répétant avec force, dans notre film, que le sang versé devient sombre presque tout de suite : celui qu'on voit aujourd'hui sur le Linceul est à ses yeux trop clair, trop rouge, trop frais pour pouvoir dater du Ier siècle – mais donc aussi du XIVe. Si l'on écarte l'hypothèse du miracle ou d'une conservation chimique assez exceptionnelle par la myrrhe et l'aloès, c'est donc que le sang du Linceul, à partir de 1978, est du sang frais *ajouté* avant chaque examen médico-légal.

Reprenons la chronologie. Au XIVe siècle, si l'on en croit le carbone 14, quelqu'un se procure un drap de lin dans lequel il enrobe le corps d'un de ses contemporains, après l'avoir flagellé, couronné d'épines, crucifié et percé d'un coup de lance. Ce premier faussaire a probablement sacrifié plusieurs cobayes, car la seule raison logique pour qu'il ait crucifié son Jésus de synthèse par les poignets – allant ainsi à l'encontre de l'iconographie religieuse qu'il a si bien imitée au niveau des autres plaies –, la seule raison est qu'en enfonçant les clous dans les paumes, ça ne marchait pas : les mains se déchiraient sous le poids du corps et le supplicié piquait du nez.

Ajoutons, au chapitre de la conscience professionnelle dudit faussaire, qu'il a pris soin de reproduire, avec du goudron de résine, les trous de brûlures formant un L qui figurent sur le codex Pray. Représentant un drap funéraire tissé en arêtes de poisson, cette miniature datée entre 1150 et 1195 fut, dans cette hypothèse, sa source d'inspiration : il existait *déjà* à l'époque à Constantinople un Linceul du Christ – peut-être faux lui aussi, d'ailleurs –, une sorte de « numéro zéro » promis à une descendance glorieuse.

Voilà donc terminée la mission du faussaire médiéval : aucun savant de son époque n'a les moyens de mettre en doute l'œuvre produite.

Arrive l'invention de la photographie. Ceux qui voudraient imposer le caractère miraculeux du Linceul ont alors recours à un deuxième faussaire, afin d'apporter une *preuve par l'impossible.* On change donc le drap, quitte à crucifier un nouveau sosie de Jésus et à reproduire toutes les caractéristiques de la version précédente – brûlures d'encensoir, coulures d'argent dues à l'incendie de 1532 qui fit fondre le reliquaire, traces d'inondation... Après avoir décloué la victime, on la couche dans le Linceul qui, préalablement imbibé de sulfate d'argent, servira de plaque photographique où s'imprimera le corps en négatif[37]. Puis on demande à un avocat au-dessus de tout soupçon, Secondo Pia, de photographier ce Linceul « réactualisé ». Le négatif d'un négatif étant un positif, voici la première propriété « miraculeuse » de la relique jetée en pâture aux scientifiques et aux gogos. Jusqu'à présent, on ne voyait qu'une image floue inexpressive : à présent l'inversion noir/blanc et droite/gauche « restitue » l'expression du sujet et la position réelle des plaies.

Seulement, c'est un engrenage infernal : le succès de la supercherie et l'intérêt croissant des savants appellent sans cesse des améliorations techniques. A partir de 1969, à l'attention du spécialiste Max Frei, on saupoudre donc le saint drap de pollens typiques du Moyen-Orient, parmi lesquels la *gundelia tournefortii* qui ne pousse que dans le désert et l'*hyoscyamus aureus* qu'on trouve sur les anciens remparts de Jérusalem au printemps. Puis, en prélude aux examens du STURP en 1978, on réalise un nouveau Linceul high-tech, avec, outre les options du modèle antérieur, l'impression-retrait-sans-contact (un sang de trente heures qui ne déchire pas ses caillots quand on sépare le corps du tissu), la tridimensionnalité (que la Nasa « découvrira » avec son VP8, un appareil destiné au traitement des photos venues de l'espace), une oxydation de la cellulose sur quarante microns (obtenue grâce au passage dans un accélérateur de particules), et des sous-titres en grec et latin confirmant qu'il s'agit bien du Christ.

Mais cette gigantesque entreprise de « réinformation » ne se limite pas au marché italien, ni au seul Linceul. Dès 1932, on rebidouille en laboratoire une Tunique d'Argenteuil, pour que les photographies à l'infrarouge révèlent la présence d'un sang du même groupe AB. Puis, dans les années quatre-vingt, en vue des examens d'André Marion à l'Institut d'optique d'Orsay, on y peaufinera une cartographie des blessures identique à celle du Linceul. Après quoi, à l'attention de Gérard Lucotte, on y ajoutera un ADN aux marqueurs compatibles avec ceux de la population juive.

Même travail en Espagne, où le Suaire d'Oviedo présente soixante-dix taches de sang AB superposables au visage du Linceul de Turin – depuis que les scientifiques ont eu le moyen technique de les mettre en évidence. Moralité : plus la science progresse, plus les saintes reliques se perfectionnent, afin d'apporter la preuve par trois de la Résurrection de Jésus.

Mais la question se pose alors : à qui profite la supercherie ? A l'Eglise ? Curieuse attitude : elle fabriquerait inlassablement des confirmations de miracle qu'elle s'ingénierait à nier. Et pourquoi cette obsession à fourrer partout du sang AB avec des chromosomes Y, coup fatal porté au dogme de la virginité perpétuelle de Marie ?

A moins que ce complot international de faussaires successifs n'émane de puissants ennemis de la Chrétienté, acharnés à faire tomber les scientifiques dans le panneau du miracle pour mieux les confondre ensuite – mais pourquoi, alors, ne sont-ils pas encore passés à cette dernière partie du programme ? Pourquoi les attaques se bornent-elles toujours à fabriquer des dessins d'enfant en tapotant des bas-reliefs ? Pourquoi ne pas s'en prendre aux vraies incohérences du phénomène, en affrontant scientifiquement – au lieu de simplement les nier – les analyses faites en laboratoire sur ces trois reliques *impossibles* qui paraissent s'authentifier l'une l'autre ?

On dirait vraiment que le but final est la conservation d'un équilibre éternel entre la conviction et le doute, la raison et la foi, l'évidence et le mystère.

Hiroshima dans un drap de lin

Vous sortez sceptique du précédent chapitre ? Ma thèse du faussaire à répétition – la seule « réaliste », pourtant, la seule qui évite de faire l'impasse sur certains des phénomènes constatés – ne vous paraît pas crédible ? Alors bienvenue dans l'inconcevable.

Reprenons les faits tels que les scientifiques les décrivent, lorsqu'ils ne sont pas aveuglés, rendus aphones ou hystériques par leur refus d'envisager ce qui les dépasse. Donc, le Linceul de Turin a bel et bien enveloppé un cadavre humain pendant une trentaine d'heures, toutes les analyses du sang le confirment, ainsi que l'absence de traces de décomposition. Puis ce corps a été retiré du linge, sans le moindre arrachement des fibres du lin ni des caillots de sang. Après quoi s'est formée, à la manière d'un négatif photo, une image imprimée à plat mais néanmoins tridimensionnelle. Elle est également orthogonale, c'est-à-dire qu'elle s'aligne verticalement sur les traits correspondant à l'empreinte sanguine. Et cette image est due à une oxydation de la cellulose n'ayant roussi que certaines fibres, sur une épaisseur inférieure à quarante micromètres. Voilà.

Arrêtons-nous d'abord sur la nature photographique de l'image. Comment ce « cliché » a-t-il pu être pris, sans appareil photo ? Nous avons envisagé deux hypothèses : celle du faussaire d'origine qui aurait inventé la photo au Moyen Age, puis celle du faussaire de « seconde main » qui, au XIXᵉ siècle, aurait refabriqué un Linceul sous forme de négatif, en s'inspirant de la découverte de Nicéphore Niepce. Si on écarte ces deux invraisemblances, que reste-t-il ? Un drap de lin qui tient lieu de pellicule, un tombeau qui fait office de boîtier, le sang et la sueur qui composent l'émulsion, et le crucifié qui devient le sujet. Mais un photographe nous répondra que, dans l'obscurité du tombeau, il manque un élément nécessaire à la « prise de vue » : le flash. Et nous en arrivons à ce qui a fait tant rire les zététiciens : le fameux « flash de la Résurrection ».

Restons calme. Pour nous en tenir à la définition des spécialistes, nous sommes en présence d'un « cliché-photo par flux rayonnant avec transfert par contact [38] ». Il existe sur terre un seul ensemble d'images offrant ces caractéristiques : elles sont dues à la bombe atomique d'Hiroshima. Notamment l'ombre de cette fameuse vanne en acier que l'intensité lumineuse a *inscrite* dans le ciment, sur une épaisseur inférieure à celle d'un cheveu. C'est le flux des photons de haute énergie qui a immortalisé cette ombre dans le mur, comme celles des milliers de Japonais désintégrés qui laissèrent leurs silhouettes imprimées dans les ruines. Ce phénomène s'appelle une photolyse éclair. Est-il concevable qu'il ait eu lieu dans un drap de lin ?

En premier lieu, comme le fait remarquer le Pr Marion en reprenant les calculs des savants atomistes de Los Alamos, il faudrait, pour obtenir ce résultat, une décharge de plusieurs millions de volts pendant un milliardième de seconde. Et l'énergie produite aurait, en toute logique, détruit le Linceul et la région de Jérusalem. La lumière se propageant avant le son, la chaleur et le souffle, on est donc obligé d'imaginer que l'explosion atomique amorcée à l'intérieur du linge se serait *arrêtée*, à l'instant même où le flash roussissait les fibres en imprimant l'Image. Inutile de préciser qu'en l'état actuel de nos connaissances, nous sommes incapables de reproduire un tel phénomène.

En revanche, à la faculté des sciences de Montpellier, Jean-Baptiste Rinaudo a émis l'hypothèse que les noyaux du deutérium contenu dans le corps humain se seraient désintégrés, libérant des protons qui auraient formé l'Image. Et il continue, aujourd'hui encore, à vérifier ses résultats dans des accélérateurs de particules. L'effet est saisissant : ce professeur de physique nucléaire a obtenu, sur une pièce de lin de l'ancienne Egypte, la formation de la couleur jaune paille si particulière à l'Image du Linceul. A mille lieues des approximations à la peinture de rouille effectuées par Nickell, Broch et consorts, on est bien en présence d'une roussissure du lin sur une épaisseur de quarante micromètres ! Bonus inattendu de l'expérience : le tissu égyptien, daté au carbone 14 avant et après le passage en accélérateur de particules, s'est retrouvé projeté de plusieurs siècles dans le futur – nouvelle explication possible à la datation médiévale de 1988 [39].

Un autre physicien, Eberhard Lindner, en désaccord avec Rinaudo, estime que l'Image n'est pas due aux protons, mais à un rayonnement d'électrons émis par le corps, ce qui expliquerait le fait que l'impression dorsale soit plus faible que l'impression frontale, car l'énergie des électrons dépend de la distance parcourue, et le poids du corps crée naturellement un contact plus étroit avec le tissu sur la face dorsale [40].

Mais les théories de ces chercheurs se heurtent à une objection majeure : la diffusion des particules atomiques, comme celle de la lumière électrique, se fait de façon multidirectionnelle : l'Image que nous voyons sur le Linceul devrait donc apparaître déformée. Or, et l'étude au microscope des fibres roussies nous le confirme, nous sommes bien en présence d'un rayonnement orthogonal. En fait, l'énergie qui a impressionné le tissu ne peut provenir que d'un flux de lumière monochromatique, cohérente et unidirectionnelle. La définition même de la lumière laser.

C'est le Dr Gaston Ciais, organisateur du Symposium international de Nice en 1997, et spécialiste du laser médical dans le traitement des cancers [41], qui a développé cette théorie que personne n'a démentie jusqu'à présent. Si ce n'est qu'on revient au point de départ : que le corps se soit désintégré au niveau atomique ou par l'effet d'un laser, comment le phénomène a-t-il pu se produire ? Le Pr Rinaudo nous renvoie à la notion de particules virtuelles, estimant qu'un jour les spécialistes de la physique quantique seront capables d'expliquer la dématérialisation de Jésus.

En attendant, on est bien obligé de s'en remettre à l'intuition de la foi plutôt qu'à la rigueur de la science. L'une n'excluant d'ailleurs pas forcément l'autre. Le Dr Ciais conclut ainsi que, dans l'obscurité du tombeau, chaque cellule du corps du crucifié est devenue une source de lumière laser haute énergie, capable de roussir le linge sur quarante micromètres. Il s'efforce actuellement, sur les lasers surpuissants de la Faculté dentaire de Nice, de déterminer la longueur d'onde en nanomètres, la puissance en watts et la fréquence en hertz du rayonnement à l'origine de la Résurrection. Car, pour lui, ça ne fait pas un pli ; l'apparition de Jésus à l'extérieur du caveau, le matin de Pâques, est une application de la lumière laser : un hologramme. Voilà pourquoi, lorsque Marie-Madeleine, jaillissant du tombeau qu'elle vient de trouver désert, tombe sur Jésus qu'elle prend pour le jardinier, celui-ci lui déconseille de le toucher : « Ne me retiens pas ici, car je ne suis pas encore monté vers le Père » (Jean, 20,17). A ce stade, il n'est que lumière. « Il est présent, écrit le Dr Ciais, dans une configuration tout ce qu'il y a de naturel, mais totalement virtuelle. »

Quelques heures plus tard, il apparaîtra à ses apôtres, puis aux pèlerins d'Emmaüs, et là, ayant repris sa pleine matérialité, s'étant en quelque sorte réincarné en lui-même, il les encourage au contact physique : « Touchez-moi et rendez-vous compte qu'un esprit n'a ni chair ni os, comme vous voyez que j'en ai. [...] Avez-vous ici quelque chose à manger ? » (Luc, 24,39)

Si les chrétiens acceptent l'idée de résurrection sans réclamer la notice, et si les non-chrétiens haussent les épaules ou ricanent, certains physiciens quantiques, en revanche, voient dans ces paroles d'Evangile l'allégorie de leurs travaux sur l'illusion de la matière, de l'espace et du temps. Pour eux, Jésus ne se serait pas contenté de nous montrer le chemin d'amour qui mène à Dieu ; il aurait jalonné en sus, à titre posthume, la voie conduisant les scientifiques des siècles futurs aux découvertes sur l'origine et la nature du monde physique que nous appelons *réalité*.

Septembre 2005 : Gaston Ciais vient de trouver, après des années d'expérimentations, quel type de laser pourrait être à l'origine des inscriptions grécolatines mises en évidence par le Pr André Marion (« Tu iras à la mort », « Nazaréen », « Jésus »...), imprimées sur le Linceul par oxydation superficielle des fibres. Il m'a montré le résultat. Pour ceux qui voudraient reproduire comme lui ces caractères sur des morceaux de lin – sans que le tissu brûle ni que les mots soient visibles au verso – voici le secret : un laser CO_2 émettant à 1 watt en continu sur une longueur d'onde de 10 600 nanomètres, avec une fibre optique de 300 microns. On peut aussi se rabattre, pour une calligraphie analogue, sur un laser diode à 2 watts et 910 nanomètres.

A moins de revenir à l'hypothèse d'un faussaire de laboratoire, dont Ciais aurait retrouvé par tâtonnements la méthode et l'outillage, on en arrive là encore à une conclusion impossible. Pour obtenir un effet laser, il faut un milieu actif et une source d'énergie. Le crucifié du Linceul aurait donc fourni lui-même ces deux éléments durant sa désintégration, laissant en postscriptum, par le même procédé d'impression sur toile, sa silhouette et quelques mots – en guise de certificat d'authenticité.

Mais il n'a pas laissé la recette. A défaut de la chercher sur des cobayes, on peut la trouver dans la Bible. Ainsi le mystère de la Transfiguration – ce moment où, en présence de Pierre, Jacques et Jean, le visage et les vêtements du Christ deviennent d'une blancheur aveuglante, véritable source de lumière – est-il expliqué par le Dr Ciais avec une désarmante évidence : « Qu'a fait Jésus sur le mont Thabor ? Afin de se préparer à la Résurrection, il a simplement chargé ses batteries. »

Pour plus de précision technique, on se reportera aux écrits passionnants du physicien Trinh Xuan Thuan[42], qui rend compréhensibles et enchanteurs les principes de la mécanique quantique applicables à notre sujet. Je pense notamment au chapitre consacré aux *photons messagers fantomatiques*, ces particules virtuelles que font apparaître et disparaître les électrons quand ils se rencontrent, afin d'échanger une information. Pour exister, se matérialiser et se dématérialiser, ces photons messagers ont besoin d'énergie. Alors, écrit joliment Trinh Xuan Thuan, « ils l'empruntent à la banque Nature ; plus l'emprunt d'énergie est grand, plus le prêt sera de courte durée ».

Dans cette optique, et en dehors de tout débat religieux, je me demande si le rôle de Jésus, le sens même de son incarnation, ne serait pas la transmission d'une information capitale, reprise et démontrée aujourd'hui par la science la plus pointue du XXIᵉ siècle. Comme le résume Trinh Xuan Thuan : « Le monde n'est plus une collection de particules inertes et isolées sur lesquelles agissent des forces déterministes, comme le pensaient Newton et Laplace. La mécanique quantique nous dit qu'une réalité localisée n'a plus de sens, et que ces particules font partie d'un tout. L'Univers est unifié en un immense réseau de connexions et d'interactions. »

Et si l'Univers décrit de la sorte était la définition même de Dieu ? Que la Résurrection soit ou non l'application d'une future loi quantique, ce fils de charpentier qui répétait à l'envi : « Je suis lumière » l'a peut-être prouvé dans son drap de mort – même si cette preuve est restée indécodable durant presque deux mille ans.

Et ce n'est peut-être pas un hasard si la science est devenue capable de percevoir le langage du Linceul à partir de la fin du XIXe siècle, au moment même où l'Eglise chrétienne marquait des distances croissantes face aux miracles, au merveilleux, à l'invisible.

Vingt siècles après, que reste-t-il du Christ incarné, si c'est bien lui qu'on a enveloppé dans le Linceul ? Des paroles rapportées, une image et du sang. Le message d'amour, les discours de rébellion contre le fanatisme aveugle et les abus de pouvoir religieux, on a vu ce que les hommes en ont fait. La silhouette créée par oxydation de la cellulose, elle, ne passionne qu'une poignée de scientifiques obsédés par ce défi à la science, et qui n'ont cure d'être tournés en dérision dans les médias. C'est le sang, en fait, qui focalise l'intérêt.

Est-ce la raison pour laquelle les « voies du Seigneur » – ou les complots humains à son service – font

depuis quelques années couler à flots ce sang AB porteur d'un ADN décryptable ? Un sang qu'on retrouve
non seulement sur les reliques de la Passion, mais peut-
être aussi, nous le verrons plus loin, dans un ciboire
du VIIIe siècle étudié au laboratoire d'Arezzo, dans une
hostie analysée en 1976 par des généticiens de Caracas,
ou sur des icônes souffrant d'hémorragies externes en
cours de traitement à l'université de Bologne. Un sang
tellement bien conservé qu'il n'invite plus seulement
au mystère de la Communion, mais au fantasme du
clonage.

Pour certains, le retour annoncé du Messie se fera
en laboratoire, par manipulation génétique. Pour
d'autres, l'introduction d'un noyau de Jésus dans un
ovule de vierge permettra, ni plus ni moins, d'enfanter
l'Antéchrist.

Plongeons dans un monde tout proche, où des
hommes de science tentent le diable pour recréer un
Dieu.

Ceci est mon sang : prélevez et clonez

C'est en 1952 que les Américains réussirent, pour la première fois, à cloner une grenouille. Dès lors, la génétique moléculaire connut un essor relativement rapide, certains chercheurs prédisant dès le début des années soixante-dix que le clonage reproductif de l'être humain serait bientôt une réalité. A quel moment l'Eglise a-t-elle commencé à redouter le projet fou d'un remake du Christ ?

En 1978, les analyses du STURP et de l'Institut médico-légal de Turin établirent la présence de sang humain sur le Linceul. La recherche génétique fut confiée au laboratoire de l'université de Gênes, qui découvrit, outre un ADN masculin très ancien, une contamination assez importante d'ADN féminins plus récents – probablement ceux des princesses de la Maison de Savoie, ou des sœurs clarisses qui se seraient piquées en ravaudant le tissu après l'incendie de Chambéry.

En 1986 venait au monde le premier agneau cloné à partir de cellules embryonnaires. Dès 1987, Ian Wilmut, l'un des « pères » de la future brebis Dolly, commençait à travailler sur la possibilité de cloner un animal à partir de cellules adultes.

A Turin, cependant, le discrédit jeté sur le Linceul par l'annonce, en 1988, de sa datation médiévale, avait dissuadé les généticiens de pousser plus avant leurs recherches – du moins ne donnèrent-elles lieu à aucune publication durant quelques années. Le ciel semblait dégagé.

Puis vint celui qui allait tout assombrir : Leoncio Garza-Valdès. Ce microbiologiste américain d'origine mexicaine se passionnait pour les tissus précolombiens. Confronté à une erreur de datation par le carbone 14 sur un de ces textiles, il en découvrit la raison : une pollution bactérienne accumulant, à la surface des fibres, du carbone récent qui, faussant les mesures, avait « rajeuni » le tissu.

Quand les radiocarbonistes annoncèrent que le Linceul provenait du Moyen Age, il songea à cette possibilité, et entreprit de contacter Mgr Saldarini, successeur du cardinal Ballestrero à l'archevêché de Turin, pour offrir ses services de contre-expert. On ne lui répondit pas. Au bout de quelque temps, il se rendit alors à Turin, où son insistance finit par lui valoir un rendez-vous avec le physicien Luigi Gonella, conseiller scientifique de l'ancien archevêque.

D'abord très sceptique, Gonella se laissa peu à peu ébranler par les arguments de Garza-Valdès, et lui promit d'intercéder en sa faveur auprès du cardinal. Ce dernier finit par lui accorder une brève audience, mais lui défendit l'accès au Linceul, refusant qu'il aille chercher des bactéries dans cette « merveilleuse représentation de la Passion ». A l'époque, la position officielle de l'Eglise était de s'incliner devant la datation médiévale : la messe était dite mais le « faux » demeurait sacré, et aucune contre-expertise n'était envisageable.

C'est alors que Gonella, au mépris de l'interdit archiépiscopal, présenta le chercheur éconduit à son ami le Pr Riggi, qui détenait dans son coffre des échantillons restant du prélèvement de 1988, ainsi que des rubans adhésifs qu'il avait appliqués sur les taches de sang. C'est avec une partie de ce matériel que Garza-Valdès repartit pour les Etats-Unis.

On peut se demander quels mobiles ont dicté la conduite de Gonella et Riggi. La curiosité scientifique pour les théories de Garza-Valdès ? Le souci de faire démolir par un tiers la datation qu'on les avait chargés d'orchestrer ? Scrupule tardif, ou volonté de représailles ? Tous deux, on s'en souvient, avaient été mis au placard après avoir organisé, à la demande des plus hautes autorités vaticanes, les examens au carbone 14 dans les conditions très particulières qu'on a vues. La réaction violente du cardinal Saldarini, quand il apprit cette « fuite inadmissible de matériel prélevé sans autorisation », dut venger les deux scientifiques sacrifiés sur l'autel de la raison d'Eglise. Mais ce petit règlement de comptes personnel, si c'en est un, allait avoir des conséquences incalculables.

C'est en 1993 que Garza-Valdès présenta, au Symposium scientifique de Rome, les conclusions de ses travaux sur la pollution du Linceul par des micro-organismes, telles qu'il les confirme dans notre film :

– J'ai découvert que les fibres de lin étaient gainées par une pellicule de plastique déposée par des bactéries, donc s'ils refont aujourd'hui une datation au carbone 14, le résultat sera encore plus récent que 1260-1390. Pourquoi ? Parce que les bactéries sont vivantes, et elles continuent à produire du plastique en utilisant le CO_2 de l'air ambiant.

Mais les services de renseignements du Vatican surent bientôt que ses travaux ne s'arrêtaient pas aux bactéries, et que l'échantillon de sang remis par Riggi avait d'ores et déjà permis à l'Américain d'entreprendre un clonage moléculaire du crucifié. L'Eglise réagit aussitôt par un communiqué officiel de Mgr Saldarini, Gardien du Linceul :

« Aucun nouveau prélèvement de matériel n'a été fait sur le Saint Suaire après le 21 avril 1988, et il n'est pas possible que du matériel restant de ce prélèvement soit entre les mains de tiers. Si ce matériel existait, le Gardien rappelle que le Saint-Siège n'a donné à personne l'autorisation d'en détenir et d'en faire quelque usage que ce soit, et il demande aux intéressés de le remettre dans les mains de l'autorité vaticane. »

Autrement dit : le matériel n'existe pas, et on est prié de le rendre. Les intéressés firent la sourde oreille. Aujourd'hui encore, Riggi répète avoir posé ses rubans adhésifs sur le sang du crucifié en plein accord avec le Vatican, et Gonella confirme, dans notre film, que Riggi était « parfaitement autorisé à remettre à Garza-Valdès des échantillons pour son analyse bactérienne. » C'est donc l'Américain qui, selon eux, s'est mis hors jeu en utilisant « illégitimement » le matériel fourni par Riggi pour lancer son étude complète sur l'ADN.

– J'ai un mauvais souvenir de Garza-Valdès, ronchonne Riggi devant nos caméras. Il avait un désir absolu de démontrer que le Linceul était celui de Jésus-Christ.

Avec son air jovial de joufflu réfléchi, Garza-Valdès assure qu'il voulait surtout rendre service à l'Eglise. C'est là toute l'ambiguïté de son attitude. Lorsqu'il annonce au pape Jean-Paul II, au cours de l'audience privée de 1998, qu'il « a eu l'honneur d'effectuer le clonage moléculaire de trois gènes du Christ », c'est, dit-il, pour mettre en garde le Saint-Siège contre d'éventuels cloneurs moins bien intentionnés que lui, désireux de réincarner le Fils de Dieu en créature de Frankenstein.

Le pape l'écoute avec bienveillance, et lui promet même de l'accompagner par ses prières dans ses recherches futures. Mais, aussitôt, un verrouillage absolu est mis en place autour du Linceul : plus aucun scientifique « extérieur » n'aura accès à la relique. Quant à Garza-Valdès, on s'efforcera de neutraliser ses cloneries en répétant que rien ne prouve que les segments d'ADN sur lesquels il a sévi proviennent du Linceul.

Le problème est que Garza-Valdès a effectué ses travaux avec le Pr Victor Tryon, directeur du département de microbiologie de l'université de San Antonio (Texas). Et Tryon est en possession d'un échantillon officiel prélevé par le STURP en 1978 (plaie du poignet gauche), sur lequel il a identifié un ADN humain qui ne provient pas d'une contamination. Un ADN masculin très ancien, à trois cent vingt-trois paires de bases. Un ADN identique à celui figurant sur le prélèvement « non officiel » de Riggi, dont l'authenticité se retrouve ainsi démontrée de facto.

C'est alors que Garza-Valdès fait paraître *The DNA of God ?*, pour divulguer au grand public ses résultats et les conclusions qu'il en tire. Immédiatement, tous ses anciens amis lui tournent le dos, et certains vont jusqu'à réclamer son excommunication. Cela ne s'est pas arrangé avec le temps, nous l'avons constaté : le Pr Tryon et plusieurs membres du STURP, qui avaient accepté de témoigner devant nos caméras, se sont tout à coup rétractés, en déclarant que finalement il n'y avait rien de nouveau à dire : plus rien ne se passait autour du Linceul. En fait, ils venaient d'apprendre que nous avions également contacté Garza-Valdès, et refusaient de partager le même film.

Mais les recherches génétiques continuent aux Etats-Unis, nous en avons la preuve. Simplement Garza-Valdès, définitivement discrédité pour « défaut de discrétion » aux yeux des scientifiques comme à ceux des cardinaux, a été supplanté, pour les travaux en cours actuellement, par un généticien new-yorkais dont le laboratoire est spécialisé dans l'étude des sangs anciens : Andrew Merriwether.

Le 20 janvier 2004, le chimiste Ray Rogers, un ancien du STURP, lui transmet un prélèvement officiel de 1978, codé 3EF. Contenant du sang en provenance d'une plaie au poignet, il semble que ce soit un échantillon voisin de celui confié jadis au Pr Tryon.

Merriwether met alors en évidence et séquence un ADN masculin, dont les marqueurs du chromosome Y correspondent au « Cohen Modal Haplotype » – identique à celui que Gérard Lucotte a découvert sur la Tunique d'Argenteuil. C'est du moins ce qu'on trouve sur Internet, à l'automne 2004.

La publication de ces résultats inspire à Ray Rogers la fureur légitime du commanditaire qui apprend par la presse le résultat des recherches secrètes qu'il a demandées. Aussitôt, Merriwether nie être à l'origine de ces fuites. Ray Rogers et lui démentent donc, en privé, les résultats divulgués par le Shroud Science Yahoo Group. Il faut dire que les conclusions de ce site sont assez gratinées : puisque Jésus possédait le « Cohen Modal Haplotype », caractéristique de la lignée des prêtres, il ne *pouvait pas* être le fils de Joseph, qui appartenait à la tribu de Benjamin. En revanche Marie, elle, selon la généalogie de saint Luc, descendait de la tribu de Lévi qui fournissait, de père en fils, les ministres du culte. Voici donc prouvée génétiquement, d'après ces commentateurs avisés, la virginité de Marie au moment de l'accouchement.

Mais de mauvais esprits leur objecteraient que, dans ces conditions, Jésus – comme le pensent les juifs – n'est pas le Messie promis par l'Ancien Testament, puisqu'il y est annoncé en tant que descendant de David. Or, d'après la généalogie qui ouvre l'Evangile de saint Matthieu, c'est par Joseph que Jésus descend de David.

En novembre 2004, lorsque Gérard Lucotte, en tant que spécialiste des marqueurs du chromosome Y, propose ses services à Andrew Merriwether pour comparer leurs résultats, ce dernier lui répond qu'il n'est pas en mesure (*at liberty* est le terme employé) de s'exprimer sur le sujet. Et quand l'équipe de Boisset contacte à son tour le généticien new-yorkais pour qu'il témoigne dans notre film, elle essuie le même refus.

Depuis, aucune autre « fuite » concernant ses découvertes ne s'est produite sur le Net.

Quant à Ray Rogers, son fournisseur, nous avions à
cœur de recueillir son témoignage, car il venait de créer
l'événement au mois de janvier 2005 en publiant, dans
la revue scientifique *Thermochimica acta,* une nouvelle
datation du Linceul, à la vanilline cette fois. La vanilline est un composé chimique présent dans la lignine
des fibres de lin, qui se dégrade avec le temps comme
le carbone 14, mais de façon plus fiable, selon Rogers.
La mesure de son taux dans les fibres du linge funèbre
exclut, d'après les conclusions de l'article, un âge infé-
rieur à deux mille ans. Mais, détail intéressant, le
Linceul du crucifié pourrait aussi bien dater du Ier siècle
avant Jésus-Christ.

Ray Rogers avait accepté de répondre à nos questions, et nous avions pris rendez-vous pour le filmer
en juillet 2005. Il est mort brutalement, trois semaines
avant le tournage.

Suite à notre première rencontre dans un bar parisien, je suis resté en relation avec Gérard Lucotte. Mon
objectif était de le faire témoigner dans notre enquête.
Au début, il m'opposa un refus clair et argumenté :
ses découvertes sur l'ADN de l'homme d'Argenteuil
étaient trop importantes, et il tenait à les publier dans
une revue scientifique de haut niveau avant d'aller « se
montrer à la télé ». Je respectais naturellement sa position tout en tentant de l'infléchir, avec les arguments
dont on use en pareil cas : une découverte n'existe que

si elle est relayée par les médias, et il est plus facile de répondre à des attaques effectives qu'à la censure du silence. Echec total : son ego, pourtant vif et bien vécu, était insuffisant pour le faire céder à l'appel des sirènes.

Au bout du compte, c'est la colère qui le décida à s'exprimer devant nos caméras. Et nous devons remercier Philippe Métézeau, l'adjoint au maire d'Argenteuil, grâce à qui le généticien accepta finalement de dévoiler le résultat de travaux tenus secrets pendant vingt ans. En effet, M. Métézeau eut une formule magique. Durant l'interview qu'il donna à Yves Boisset, il commenta en ces termes le bilan des examens initiés avec le sous-préfet du Val-d'Oise :

– Sur la Tunique d'Argenteuil, nous n'avons pas trouvé de sang ; uniquement des dépôts de colorants.

Lucotte devint écarlate en visionnant la cassette.

– La Tunique est imbibée de sang, riposta-t-il du coup devant la caméra, attaqué dans la réalité même de son Saint-Graal. Il y en a partout, même en dehors des zones de taches.

– Non, elle n'est pas imbibée de sang, répliqua Métézeau. Car alors il faudrait vraiment que les prélèvements, en 2004, aient été faits en choisissant des zones qui ne soient pas représentatives et qui ne soient pas imbibées de sang, et ça n'a pas été le cas, je peux en témoigner.

Là où le débat se pimente, c'est que Philippe Métézeau n'est pas qu'un simple élu parlant ès qualités de ce qu'il ne connaît pas : il est lui-même de formation scientifique, cytologiste à l'Institut Pasteur, spécialiste du tri cellulaire. On a du mal à imaginer que, dans la ferveur fébrile de l'opération préfectorale « Venez découper la Tunique à la maison », un chercheur aussi concerné par le sang n'ait pas eu à cœur de traquer les globules, où qu'ils se trouvent, sur son trésor communal.

Alors, de deux choses l'une : ou Philippe Métézeau a mal cherché, ou Gérard Lucotte a ajouté lui-même du sang frais sur la relique en 1986, afin d'y « découvrir » de l'ADN exploitable.

Mais cette dernière accusation tient difficilement debout car, dès 1892, les premiers examens sérieux au microscope, menés conjointement par le Laboratoire de recherches appliquées à la médecine et la Société chimique de Paris, ont laissé un procès-verbal précis : « Nous avons trouvé quelques globules rouges inaltérés. Le nombre de ces éléments et leur forme caractéristique sont suffisants pour établir l'existence de taches de sang. » En 1932, les examens suivants confirment et développent la découverte, en donnant la description précise des trois taches principales. Deux ans plus tard, la publication scientifique de ces travaux, assortie de photos à l'infrarouge révélant quantité d'autres taches plus petites, arrive aux conclusions qui sont aujourd'hui celles de Gérard Lucotte, étayées par la cartographie des blessures dressée par les ordinateurs de l'Institut d'optique d'Orsay : la Tunique est bel et bien imbibée de sang.

Alors, si c'est Lucotte qui dit la vérité, pourquoi d'autres soutiennent-ils avec tant de conviction une position contraire ? Pourquoi les examens de 2004 concluent-ils à l'absence de sang ? Parce qu'il n'était pas souhaitable qu'on en trouve ? On peut s'interroger

sur les mobiles de cette attitude : raison d'Etat municipale, volonté de complaire à l'autorité diocésaine
soucieuse d'éviter le sensationnel, espoir d'alléger un
peu le harcèlement du COSTA... Ce Comité œcuménique et scientifique de la Tunique d'Argenteuil, dirigé
par André Wuermeling, est une association de pas-
sionnés hyperactifs qui milite pour défendre le linge
sacré contre les agressions communales : traitement au
DDT ordonné après la découverte de mites dans le
reliquaire, transport sans mesures de sécurité ni protection sanitaire en voiture privée, découpes abusives...

Mais, plutôt que la ferveur christique du conseil de
surveillance du COSTA, c'est sans doute la convoitise
d'éléments extérieurs à la ville que la mairie cherche-
rait à dissuader. Si la relique n'est pas couverte de sang
et si elle date du VII siècle, comme l'affirment les
examens de 2004, alors il est évident qu'elle perd beaucoup de son attrait pour d'éventuels « vampires du
clonage ». Rappelons qu'elle a déjà fait l'objet d'un
vol, en 1984. Revendiqué par une mystérieuse organi-
sation dénonçant le fait qu'on ne montre la Tunique
aux fidèles que tous les cinquante ans, le rapt s'acheva
deux mois plus tard par la restitution du bien, contre
la promesse d'ostensions plus fréquentes.

A ce propos, notons que Mgr Ghiberti, le bras droit
du cardinal Gardien du Linceul, nous a confié en 2005
qu'il « lui semblait » que les ravisseurs de 1984 avaient
opéré une substitution, et que c'était un faux qui se
trouvait désormais dans la basilique d'Argenteuil. La
suite des événements nous prouvera que, si c'est un
faux, il est en tous points conforme à l'original, du moindre
pollen au plus petit point de concordance avec les plaies

visibles sur le Linceul de Turin. Mais Mgr Ghiberti, confronté en 1997 à l'incendie très suspect qui faillit détruire le Linceul – quelques mois après la publication des Actes du symposium scientifique de Rome concluant à son authenticité –, Mgr Ghiberti sait que le discrédit, pour une relique, est un bien meilleur agent conservateur que la reconnaissance officielle. La mairie d'Argenteuil pourrait avoir retenu la leçon.

En outre, le soupçon que la Tunique *ne soit plus celle de Jésus*, étayé « providentiellement » par la datation au carbone 14 de 2004, protège l'Eglise contre les études d'ADN que Gérard Lucotte effectua sur le vêtement, deux ans après le vol, et qu'il s'apprête à publier. Prise de court par les travaux de Garza-Valdès sur les gènes du Christ, l'Eglise catholique romaine, à présent, semblerait vouloir prendre les devants pour protéger la foi contre le zèle excessif de la science.

Mais, nous allons le voir, le Vatican n'est pas au bout de ses peines.

Dès l'automne 2004, désireux de comparer son ADN d'Argenteuil avec celui des autres linges de la Passion, l'incontournable Lucotte songe à contacter les autorités d'Oviedo. En agrandissant les taches de sang photographiées par le Centre d'études espagnol, il a en effet observé des globules rouges dans un état de fraîcheur surprenant. Mais l'équipe du film l'a devancé : dès qu'on prononce les lettres ADN, les scientifiques espagnols font la sourde oreille, et ne donnent aucune suite aux propositions d'examens comparatifs. On se souvient qu'en 2000 les ADN d'Oviedo et de Turin n'avaient révélé aucune dissemblance, pour les spécialistes italiens de médecine légale. Face à la fin de non-recevoir des Espagnols, Lucotte transmet donc son projet de recherche au Centro de Turin.

L'accueil est aimable, mais les responsables scientifiques lui font comprendre que rien ne presse : de nouvelles sessions d'études seront envisagées dans un an ou deux, en fonction des projets multidisciplinaires qu'on leur aura soumis. Lucide, Lucotte se doute bien qu'alors priorité sera donnée à ses confrères italiens, par exemple à l'équipe de l'université de Gênes, qui avait publié en 1995 de prudentes conclusions sur les ADN multiples et dégradés du linge funèbre.

Fournisseur officiel d'échantillons du Linceul pour les savants sélectionnés par l'Eglise, le Centro de Turin sait bien à quelle autre source les chercheurs éconduits sont tentés de s'abreuver. Alors on prévient Lucotte : tout résultat publié à partir des prélèvements « sauvages » de Giovanni Riggi sera aussitôt contesté, et tout lien avec la relique turinoise officiellement démenti. Mais le temps presse, pour Lucotte, qui craint que son confrère américain Merriwether ne publie avant lui sur l'ADN du Linceul. N'en déplaise à l'Eglise, les examens comparés du sang prélevé par le STURP en 1978 et par Riggi en 1988 ont établi, jusqu'à présent, que ces derniers échantillons étaient authentiques.

Alors Lucotte prend contact avec Riggi, qui dirige toujours, à soixante-quinze ans, la Fondation 3M – émanation de la multinationale de produits adhésifs qui avait sponsorisé les études sur le Linceul, et qui semble gérer de manière très officielle le reliquat du matériel officieux. Lucotte se présente, explique sa démarche et ses résultats non encore divulgués. Ils échangent plusieurs lettres. Le 10 novembre 2004, Riggi écrit qu'il se propose de lui remettre, pour ses examens comparatifs avec l'ADN d'Argenteuil, un échantillon de sang déjà isolé, un véritable caillot provenant de la plaie au côté laissée par le coup de lance. C'est ce même matériel dont Riggi avait confié des fragments à l'apprenti cloneur Garza-Valdès. Certains ont même laissé entendre qu'il lui aurait vendu ces échantillons – apparente calomnie que Garza-Valdès lui-même dénonce dans notre film.

Quant aux accusations de « s'être servi » clandestinement en pompant le sang avec des rubans adhésifs, l'après-midi qui a suivi la découpe du morceau destiné au test du carbone 14, Riggi s'en défend vigoureusement dans ses courriers adressés à Lucotte. Les autorités religieuses, dit-il, ne l'ont jamais laissé seul avec la relique, ses prélèvements personnels ont tous été autorisés par l'archevêque de Turin pour des recherches scientifiques ultérieures, et du reste, ajoute-t-il, tout s'est passé sous vidéosurveillance.

Avant de remettre à Lucotte son précieux caillot, Riggi rédige plusieurs autres lettres fixant le cadre de leur accord. Il ne demande pas d'argent, mais la mention de son nom dans la publication scientifique que Lucotte consacrera à ses travaux comparatifs. Il exige qu'aucun média ne se fasse l'écho de leur négociation jusqu'à la conclusion de celle-ci – la production du film s'y engage auprès de Lucotte, et respectera cet engagement.

Tout se présente donc pour le mieux, jusqu'au 25 janvier 2005, où Riggi écrit à Lucotte que si, du point de vue technique, l'accord envisagé est toujours acceptable pour lui-même et la Fondation 3M, il manque un élément crucial qui, pour la première fois, apparaît dans leur correspondance : l'autorisation d'une « commission d'éthique » de la Fondation 3M, distincte du conseil scientifique qui a donné son aval. Cette commission, souligne Riggi, contrôle « l'aspect moral et religieux des recherches auxquelles nous prêtons notre collaboration et d'éventuels matériels ». L'un de ses membres, précise-t-il, est un « haut fonctionnaire catholique de Rome, qui donne son avis sur les retombées des résultats que nous pourrions trouver ».

Ladite commission, qui devait se réunir le 21 janvier, a repoussé la séance sine die suite à des « difficultés imprévues », et les semaines s'écoulent sans autres nouvelles d'Italie. Gérard Lucotte n'y croit plus. De toute évidence, la commission d'éthique, sous l'influence plus ou moins directe du Vatican, veut éviter qu'un nouvel épisode Garza-Valdès ne défraye la chronique. Les généticiens ne sont plus en odeur de sainteté, à Rome, et on le comprend. Mais pourquoi avoir alléché Lucotte avec ce caillot, pourquoi lui avoir fait miroiter un « matériel dont personne avant lui n'avait encore disposé, de par sa taille et son emplacement » ? Pour créer un climat de confiance, lui faire préciser le bilan de ses recherches sur l'ADN de la Tunique d'Argenteuil, et comparer la teneur des résultats avec ceux des tests menés en interne sur le sang du Linceul ? Lucotte enrage, avec le sentiment de s'être fait manipuler.

Et puis, le 22 février, coup de théâtre : il m'appelle

pour me dire qu'il revient de la Fondation 3M, dans les environs de Milan, où Riggi lui aurait remis, non pas le caillot promis, mais trois fibrilles porteuses de microtaches disposées sur des lames – une sorte de lot de consolation, aux yeux du généticien.

Le 10 mars 2005, quand Yves Boisset va interviewer pour notre film le dirigeant de la Fondation 3M, et qu'il lui demande ce qu'il pense des travaux du Pr Lucotte, la réponse de Riggi nous stupéfie :

– Je ne le connais pas. Il m'a écrit, nous avons eu des rapports épistolaires, mais je ne l'ai jamais rencontré.

Boisset insiste :

– Vous ne lui avez pas remis des échantillons de sang ?

Réponse du distingué vieillard en blazer marine, qui avance ses arguments avec la patience résolue du serpent isolant sa proie :

– Je ne peux pas donner d'échantillons, parce que je n'en ai pas. Je n'ai pas d'étoffe, je n'ai pas de sang.

Tel qu'on le voit dans le film, Riggi a l'air parfaitement sincère. Comme Lucotte, quand il confirme son entrevue avec Riggi à Milan, et l'origine des fibres certifiée par l'Italien. Alors, qui croire ? Comme il ne nous appartient pas d'injecter à ces deux personnes un sérum de vérité, contentons-nous d'attendre les analyses des échantillons en question.

Mais, face à un matériel auquel les autorités de Turin dénient toute authenticité, et dont le fournisseur lui-même à présent dément ouvertement l'existence, Lucotte se retrouve un peu coincé. Il décide donc de laisser, dit-il, les trois lames de sang au fond de son coffre, à l'abri des polémiques, et nous n'en saurons pas plus. Officiellement, il attend le bon vouloir de Turin pour mener son étude sur un prélèvement officiel du Linceul, dans quelques années, sans trop y croire, et ne souhaite plus communiquer sur ce sujet. A moins que Riggi ne lui ait rien donné. Ou qu'il ait déjà mené en secret ses analyses comparatives, loin de nos caméras. Quoi qu'il en soit, si Turin lui a fait jurer le silence, il le respecte.

C'est donc sur la Tunique d'Argenteuil qu'il concentrera une fois encore ses travaux, et qu'il fera, nous le vivrons en direct pendant notre tournage, ses découvertes les plus renversantes.

On se souvient qu'à l'initiative du sous-préfet Jean-Pierre Maurice, la Tunique avait été amputée de quinze centimètres carrés. La partie soumise au test du radio-carbone était détruite, c'est inévitable, mais Lucotte apprend qu'il existe des fragments de tissu résiduels. C'est alors que les événements s'accélèrent, avec pour conséquence de retarder de plusieurs semaines notre tournage, afin que nous puissions rendre compte des derniers rebondissements et de leurs conséquences.

Gérard Lucotte envoie une requête au ministère de la Culture, et rencontre le responsable des Monuments historiques, qui, au vu de ses travaux antérieurs sur la Tunique, accepte qu'on lui remette l'un des fragments. Lucotte se rend alors au Commissariat à l'énergie atomique, lieu hautement gardé où nos caméras n'entreront pas, pour prendre livraison de l'échantillon qui y est conservé depuis la datation. Il exulte : enfin il détient un morceau de la relique, et plus seulement quelques microgrammes d'ADN aspirés çà et là.

Son précieux bout de tissu en main, le généticien fonce à la société FEI, où se trouve l'un des microscopes électroniques les plus puissants du monde, un modèle du type « environnemental à balayage » qui, travaillant sous vide, épargne toute contamination au matériel qu'il grossit.

Et c'est ainsi que naissent les images qu'on découvrira sur Canal +. Apparemment, le miracle annoncé n'a pas eu lieu : le sang de la Tunique ne s'est pas changé en colorant. Sur l'écran de l'ordinateur couplé au microscope se profilent des globules rouges parfaitement conservés (« On dirait des hématies du jour », commente Lucotte), et d'autres figés en état de souffrance.

Plus extraordinaire encore : agrandis à huit mille fois leur taille, on découvre, accrochés aux fibres de laine, d'apparents lymphocytes qui ont l'air intacts, avec leur gros noyau bourré d'ADN. Quand on sait que les globules blancs ont une durée de vie hors du corps qui n'excède pas quelques heures, ces images du microscope paraissent totalement irréelles. On a déjà vu que l'état de fraîcheur du sang sur le Linceul posait problème aux spécialistes, mais encore s'agissait-il d'un drap funéraire imprégné d'aloès et de myrrhe, substances utilisées pour embaumer les cadavres. Là, on est en présence d'un simple vêtement de tous les jours, livré à lui-même dans la conservation des humeurs qui l'imprègnent.

Alors, que faut-il en conclure ? Que Lucotte s'est

coupé en manipulant l'échantillon, et que nous avons sous les yeux un de ses globules blancs ? Hélas pour les zététiciens, la suite de l'examen va lézarder cette hypothèse rassurante, tout en proposant néanmoins une tentative d'explication rationnelle. Le microscope de chez FEI a en effet la propriété d'analyser immédiatement les éléments qu'il rencontre. Vous regardez l'image obtenue sur l'écran, vous zoomez par exemple sur ce qui ressemble à un globule rouge, et l'ordinateur vous en indique la composition, par un tableau où se dessinent des pics – en l'occurrence, c'est le fer de l'hémoglobine qui prédomine.

Prenons maintenant un apparent lymphocyte en bon état, qui se trouve enkysté dans une sorte de triangle. Le technicien clique dessus avec sa souris, et le triangle décline aussitôt son identité : chlorure de sodium. Les globules blancs du supplicié se seraient donc maintenus en état d'origine par l'effet des cristaux de sel issus de sa sueur ? Pour Gérard Lucotte, la cause est entendue, et il nous déclare sans manières devant la caméra :

– Non seulement la Tunique a conservé d'innombrables cellules rouges du sang, mais aussi, potentiellement, des cellules blanches qui contiennent des noyaux et par conséquent de l'ADN. Donc il est possible d'envisager effectivement, expérimentalement, le clonage de l'individu qui correspond à ces cellules.

C'est là qu'éclate la polémique avec son confrère Axel Kahn. En effet, par souci de diversité, nous sommes allés demander au directeur de l'Institut Cochin de génétique moléculaire, membre du Comité consultatif national d'éthique, de donner dans notre film son avis sur les travaux de Gérard Lucotte et le clonage humain en général[43]. Le verdict est sans appel :

– Il est hautement, hautement improbable, énonce le généticien avec la précision d'un débit au scalpel, que quiconque soit parvenu à mener un clonage humain à son terme – j'entends par « son terme » la naissance d'un bébé cloné.

Opinion que ne partage pas Lucotte :

– Pour moi il sera possible, si ce n'est déjà fait, de cloner un homme, absolument, de cloner n'importe quel homme, et pourquoi pas Jésus.

Réponse d'Axel Kahn, ponctuée d'un sourire tranchant à la sérénité provocante :

– Si l'on n'a pas gardé de cellules vivantes de Jésus, on ne clonera pas Jésus.

Lorsque nous lui présentons l'état de fraîcheur dans lequel se trouvent les globules blancs sur la Tunique, sa position ne varie pas : un ADN de deux mille ans, si tel était le cas, serait beaucoup trop dégradé pour autoriser la moindre illusion de clonage.

– Les performances de la génétique moléculaire sont extraordinaires, rétorque Gérard Lucotte, et il existe en particulier des techniques de reconstitution : à partir de traces d'ADN ou d'ADN très fragmenté, on arrive à reconstituer un ADN entier.

Ce à quoi Axel Kahn réplique d'un ton neutre, avec une légère crispation dans le sourire :

– La multiplication des pains demande une chose, ce sont des pains. On ne multiplie pas ce qui n'existe pas. Certainement le Christ aurait pu le faire, mais, même lui, il a multiplié des pains qui existaient. Quand on amplifie des fragments d'ADN, tout ce qu'on sait faire, c'est recopier ce qui existe. Et on ne crée pas ce qui n'existe pas. Donc, si vous avez des petits bouts d'ADN avec d'immenses trous, vous pouvez amplifier un trou, ça fait une immensité de trous. Donc ça ne fait pas du matériel.

Pour Gérard Lucotte, si. Et il conclut en ces termes, sur un éventuel clonage de l'individu dont il détient les globules :

– Techniquement, c'est parfaitement envisageable, et moralement, c'est un autre débat dans lequel je me garderai bien de me lancer.

Car nous voici au cœur du problème, en tout cas dans son aspect juridique. On sait que le clonage reproductif humain est assimilé à un crime dans la plupart des pays. En France, la propagande ou la publicité en faveur de ce clonage est passible d'une amende de quarante-cinq mille euros et de trois ans de prison. Mais les commentaires sur sa faisabilité relèvent encore de la liberté d'expression. Sans compter que le législateur n'a pas prévu le cas où la personne à cloner serait décédée depuis des siècles. A quand serait fixée la prescription ?

– Chez les vaches, nous rappelle Axel Kahn, l'espèce où ça marche le mieux, le clonage ne réussit en moyenne qu'une fois sur vingt.

Malgré son éloquence et les certitudes alimentant sa réfutation, nous le sentons quelque peu troublé. Il faut dire que, hasard étrange, ce rendez-vous qu'il nous a fixé depuis dix jours tombe au lendemain d'un événement fracassant, qui remet en question l'argument principal de ceux qui prenaient le clonage humain pour une chimère. L'équipe sud-coréenne du Pr Woo Suk Hwang, l'une des meilleures du monde, vient en effet de publier « des résultats permettant d'obtenir facilement des clones humains ». Ce sont les termes employés par Axel Kahn, alors que la nouvelle est encore sous embargo dans les rédactions parisiennes.

Au cours du long entretien qu'il nous accorde, nous le sentons de plus en plus irrité face à l'OPA génétique lancée, à ses yeux, par Gérard Lucotte sur l'individu qui a saigné dans la Tunique d'Argenteuil. Et l'agacement culmine quand nous lui rapportons les conclusions de son confrère sur l'origine juive de cet homme, qui serait confirmée par les marqueurs du chromosome Y.

– On ne peut pas aboutir à une certitude ! coupe-t-il. Il est probable que si l'on a beaucoup de fragments d'ADN, on peut dire : c'est compatible avec un juif séfarade ou bien compatible avec un juif ashkénaze. Mais, par exemple, il y a énormément de marqueurs communs entre les populations arabes et les populations juives séfarades.

Objection à laquelle Gérard Lucotte répond que, justement, il appuie son verdict sur des marqueurs spécifiques comme l'haplotype J.

– Ce n'est un secret pour personne, ajoute Axel Kahn, que Gérard Lucotte, d'un point de vue idéologique, a été proche de la Nouvelle Droite. Il fait partie de ceux qui véhiculent des idées selon lesquelles on peut parler de races humaines, et les races humaines ont une base génétique qu'il se fait fort de retrouver.

En guise de droit de réponse, Gérard Lucotte, hors caméra, nous déclarera :

– Je pourrais vous dire que M. Kahn est un trotskiste, mais je préfère qu'on se mesure sur un terrain scientifique. Il fut un temps où nos laboratoires étaient contigus : nous partagions les mêmes toilettes.

Sans entrer plus avant dans les querelles d'étiquette et les amalgames, il me semble que les options idéologiques d'un chercheur ne sauraient diminuer sa compétence ni la valeur – voire l'éventuel danger – de ses travaux. En admettant qu'un généticien ait aujourd'hui l'envie et les moyens techniques de tenter un clonage du Christ, le fait que ce soit un clonage de droite ou de gauche me paraît en l'occurrence relativement secondaire, face à toutes les dérives que ce projet autoriserait. Projet qui visiblement ne tente pas le moins du monde Axel Kahn, et dont Gérard Lucotte, autant que je sache, n'a jamais exprimé le désir, à la ville ni à l'écran. Il s'est contenté de dire que la chose semblait possible. De souligner, sur Canal + comme sur France Culture[44], que l'hypothèse sur laquelle reposait *L'Evangile de Jimmy* était plus qu'un délire de romancier. D'affirmer qu'un généticien pourrait très bien, aujourd'hui, fabriquer une copie du Christ – ou du moins réussir à le faire croire. Mais, à ma connaissance, il n'est pas allé plus loin.

Nous allons donc embarquer vers d'autres cieux où des scientifiques ont exposé, ouvertement, leur aspiration et leur aptitude à cloner l'être humain – fût-il Dieu le Fils.

Mais, avant de laisser Gérard Lucotte à ses chères études, précisons que celles-ci se poursuivent tous azimuts sur la Tunique d'Argenteuil, véritable corne d'abondance qui ne cesse de lui fournir matière à analyses. A l'heure où j'écris, outre les globules rouges et blancs, il s'est attaqué avec une frénésie minutieuse aux pollens, aux spores, aux algues, aux cheveux et aux poils qu'il a détectés sur la sainte relique. Grâce à la direction des Monuments historiques, une fois encore, il s'est en effet retrouvé détenteur d'une partie du sac de l'aspirateur avec lequel la Tunique fut nettoyée en 2003 par une spécialiste des tissus anciens.

Au menu de ses découvertes, qu'il effectue actuellement sur le microscope d'un laboratoire d'expertise affilié au Bureau Véritas, citons des pollens déjà mis en évidence sur le Linceul de Turin et le Suaire d'Oviedo – *tamarix africana, gundelia tournefortii, zygophylum dumosum*, cèdre du Liban, jasmin, euphorbe, genévrier, ortie... Le Pr de Beaulieu, directeur du Laboratoire de botanique historique au CNRS de Marseille, aurait confirmé la présence et l'identification de ces pollens qui proviennent tous de plantes méditerranéennes – notamment un pistachier très particulier qu'on ne trouve qu'en Israël. A moins d'accuser Gérard Lucotte d'avoir saupoudré ses bouts de relique de globules contemporains et de pollens fossiles moyen-orientaux, la confirmation des travaux de Max Frei et d'Avinoam Danin semble en bonne voie.

Lucotte a par ailleurs repéré des spores de graminées très anciennes – notamment du blé qu'il se propose de faire pousser, ainsi qu'y sont parvenus des égyptologues à partir de spores retrouvées dans des sarcophages. Il a aussi localisé du mica, des grains de sable et divers autres minéraux qui suggèrent le séjour de la Tunique sur un sol sec, voire désertique. Sont également présentes des spores de moisissures en parfait état de conservation, qui d'après lui seraient susceptibles de détériorer un peu plus la malheureuse relique...

Mais ce n'est pas tout. Durant l'été 2005, j'ai eu droit à quelques séances surréalistes où le généticien me commentait, sur photos, les poux et les morpions de Jésus – tel qu'il l'appelle avec une familiarité croissante, au fil des heures qu'il passe dans l'intimité de ses restes agrandis huit mille fois. Les squelettes de ces charmants parasites, dit-il, sont particulièrement résistants au temps qui passe, et parfaitement identifiables au microscope.

Et les révélations ne s'arrêtent pas là : le supposé Messie était également, selon lui, couvert de pellicules. Elles sont actuellement en cours d'étude chez L'Oréal, dont les laboratoires se sont proposé d'appliquer à Jésus – qui le vaut bien – les méthodes d'analyse déjà employées avec succès pour les cheveux de Ramsès II.

Ajoutons, avant de refermer cette parenthèse cosmétique, que les pellicules, aux yeux de Lucotte, ne sont pas seulement une preuve supplémentaire de la parfaite humanité du supplicié : elles renferment, elles aussi, de l'ADN.

Messianic Park

– La philosophie raélienne c'est, d'une certaine
façon, une interprétation de la Bible. La Bible dit : on
a été créés. Oui, je pense qu'on a été créés. Mais par
des scientifiques, pas par un Dieu immatériel qui fait
tout en six jours et qui est fatigué le septième.

Située en pleine forêt dans la région de Montréal, la
propriété s'appelle « Ufoland ». Littéralement : le pays
des ovnis. C'est là que Raël a installé le QG de sa
secte. C'est là qu'en juin 2005, Yves Boisset rencontre
le Dr Brigitte Boisselier, qui vient de réconcilier par
la déclaration ci-dessus les scientistes et les création-
nistes.

Blonde pulpeuse à géométrie variable rajeunissant
au fil de ses apparitions télévisées, la généticienne en
chef de la secte affirme avoir mis au monde, à ce jour,
une trentaine de clones humains, tous en bonne santé
et maintenus dans l'incognito par des familles sou-
cieuses de leur assurer un avenir serein. Fin de citation.
Dans le même esprit, elle nous taira le nom du pays
où ont eu lieu transferts nucléaires et naissances. Le
Québec, ce n'est que le siège administratif : communication, relations clientèle avec les parents et les

clones, comptabilité avant terme et service aprèsventre... Pour la manipulation génétique elle-même, on a parlé de la Corée du Sud, mais la secte en a été expulsée. Certains évoquent aujourd'hui la Côte d'Ivoire ou le Japon, mais le Dr Boisselier ne nous en dira pas plus, afin d'assurer la sécurité de ses clients et de ses installations. Néanmoins, elle affirme agir en plein accord avec le gouvernement qui l'accueille.

– J'ai un visa, j'ai des connexions au plus haut niveau qui me permettent d'opérer. Il n'y a pas de problème. Mais sur le plan international, si je disais, voilà, on est basés dans tel pays, à tel endroit, j'imagine très bien que non seulement il y aurait des pressions sur ce gouvernement, mais qu'il pourrait y avoir aussi des fanatiques qui viendraient, de la même façon qu'ils font le siège des cliniques d'avortement... Sinon, tout va bien. Les bébés naissent, ils sont en bonne santé : le clonage reproductif est un total succès.

En fait, nous voulions savoir comment la seule personne au monde se vantant de perpétrer avec succès ce crime en série – au regard des lois en vigueur en France comme dans de nombreux pays – allait réagir face à l'hypothèse d'un éventuel clonage du Christ.

– Je crois sincèrement, déclare Brigitte Boisselier avec la sérénité péremptoire des experts sûrs de leurs résultats, que le Christ a déjà été recréé.

– Ah bon. Par qui ?

– C'est la Résurrection. La fameuse Résurrection dont parlent les chrétiens. C'est un clonage, tout simple, accéléré, un peu plus sophistiqué que celui que je peux faire.

Sa modestie l'honore. Les scientifiques extraterrestres ayant créé le monde auraient donc conçu, d'après elle, un prototype Jésus, refabriqué après sa mort en modèle de série, pour faire face à la demande du consommateur des siècles futurs, quand bien même l'Eglise du XXIe siècle refuserait de lui délivrer son autorisation de mise sur le marché.

– Il est vivant aujourd'hui, quelque part, assure le Dr Boisselier, avant d'ajouter avec un fin sourire face caméra : Et il va revenir...

En attendant, très aguichée par le matériel génétique dont disposerait Gérard Lucotte, elle se dit prête à l'accueillir dans son laboratoire pour qu'ils tentent un nouveau duplicata du Messie – pourquoi pas, elle n'a rien contre les produits dérivés, tous les noyaux sont bons à prendre, surtout si on se trouve en présence de cellules mortes qui ressuscitent, et puis elle n'a jamais encore cloné à titre posthume ; c'est évidemment tentant.

Raël, lui, est moins chaud. Vêtu d'un marcel à trous sur lequel oscille au bout d'une chaîne une grosse médaille à l'emblème de sa secte, il ne cache pas sa méfiance à l'égard de Jésus. D'abord le vrai Messie, c'est lui, Raël. Faut pas confondre. C'est lui que les Elohim, ces fameux savants d'une autre planète qui ont créé l'homme par clonage vingt-trois mille ans avant Jésus-Christ, ont choisi pour sauver le monde. Au temps où il était journaliste automobile à Clermont-Ferrand, ils l'ont emmené faire un tour en soucoupe volante pour l'initier à leur technologie, leur philosophie et leurs projets. Raël, depuis, sait tout. Même ce qu'il ne s'explique pas. Cloner un être disparu depuis vingt siècles, sur le principe, ça ne lui pose pas de problème. Il pourrait même nous le livrer à Pâques pour une commande à Noël. Car neuf mois, c'est trop long à ses yeux pour faire un bébé. C'est du délai d'artisan, à l'ancienne ; ça n'est plus du tout compétitif.

– Si on accélère la multiplication cellulaire, on peut arriver à ce que le fœtus se développe en quelques semaines, en quelques heures, voire en quelques minutes si on peut l'accélérer encore plus. J'ai vu cette technologie quand j'étais avec les Elohim, donc j'ai vu comment ça marche. Je ne sais pas comment ça se fait, mais j'ai vu que ça marche.

Alors, cloner Jésus au micro-ondes, il pourrait ? Oui, mais bon. Ça ne le branche pas trop. Jésus, pour lui, ce n'est pas grand-chose. Un accident industriel. Un clone à la puissance gonflée par les ingénieurs élohim, équipé d'options inédites pour booster les performances de ses homologues humains, mais il n'a pas tenu la route. Alors soyons lucide : aujourd'hui l'humanité a la chance d'avoir Raël ; à quoi bon s'embarrasser d'un autre Sauveur, d'un Messie d'occasion ? Ne lâchons pas la proie pour l'ombre.

Il faut dire que Raël, né Claude Vorilhon, est un homme intellectuellement développé, comme le souligne Axel Kahn avec le geste de visser une ampoule. Et donc le prophète des Elohim n'est pas dupe des magouilles de l'Eglise : l'histoire de ces trois linges qui s'emboîtent pour illustrer la Passion du Christ, vraiment, lui paraît un peu légère. Pas très digne de foi. Il faut le comprendre. Pour un homme qui a vu fabriquer dans l'espace des bébés clés en main sous vingt-quatre heures, la dématérialisation d'un mort dans un drap de lin a quelque chose d'un peu ringard.

– Imaginons que le Linceul de Turin soit vraiment quelque chose qui ait été au contact de Jésus, concède-t-il avec une indulgence charismatique. Je n'y crois pas, mais imaginons que le sang qui est dessus soit exploitable pour faire du clonage, ce que je ne crois pas non plus. Mais imaginons, rêvons. On prend ce matériel, et on clone Jésus.

Il marque un temps, les doigts joints devant sa moustache taillée au cordeau, l'air inspiré sous les rides de bronzage.

– Ben oui, on a cloné le support. Il n'y a pas de mémoire : il y a un petit bébé, c'est tout. Et ce bébé, si on le donne à une famille bouddhiste, il va être un moine bouddhiste, pourquoi pas ? Je veux dire, tout va dépendre de l'éducation. Il n'aura ni la conscience, ni la mémoire, ni la personnalité de Jésus. Il manque les informations qu'on doit lui mettre dans la tête pour que, tout d'un coup, il se réveille en se disant : OK, c'est moi Jésus, j'ai été crucifié.

Un geste large amplifie la portée du message et fait bringuebaler la médaille des Elohim au bout de sa chaîne.

– Mais si personne ne vient l'éduquer, lui raconter ce qui lui est arrivé, vous ne ressusciterez pas le Fils de Dieu. Si on lui raconte qu'on l'a trouvé dans un dépôt d'ordures et qu'il a été recueilli par des musulmans, et par exemple qu'il est élevé par Ben Laden, il va devenir un militant, et peut-être un poseur de bombes.

Heureusement, Raël connaît la parade. Il sait comment éviter au Christ d'aller grossir les rangs d'al-Qaida. Il rassure Yves Boisset. Il lui explique que, depuis longtemps, Boisselier et lui-même ont développé un projet consistant, d'un côté, à cloner l'enveloppe physique et, de l'autre, à recueillir par des méthodes mêlant l'électronique à l'informatique la mémoire de la personne clonée, afin de la télécharger dans son corps de rechange. Tout ça paraît du pipeau, mais Axel Kahn avait l'air sérieux quand il a commenté pour nous cette technique. De toute manière, il suffit que des gens solvables y croient pour qu'elle devienne rentable.

Galvanisé par l'attention que lui accorde Boisset, Raël lui propose de passer la nuit dans son palais des mille et un clones peuplé de nymphettes angéliques. Boisset refuse poliment. Comme il déclinera plus tard l'invitation à un week-end en Suisse, où Raël souhaitait lui faire rencontrer son groupie favori, l'homme de lettres Michel Houellebecq. Tant qu'à faire, Boisset aurait préféré Bouddha ou Mahomet, avec qui Raël se vante de partager parfois un dîner de clones, mais ils n'étaient pas disponibles.

– Ce qui m'intéresse, conclut le gourou de Clermont-Ferrand exilé au Québec, c'est une vision à très long terme. C'est l'accession à la vie éternelle grâce au clonage.

On lui souhaite bonne route mais, visiblement, la réincarnation forcée de Jésus n'est pas son objectif prioritaire.

Nous avons contacté ceux qui, en revanche, en ont fait leur cheval de bataille. Sous le nom de Second Coming Project, une secte de Berkeley (Californie) inondait naguère Internet d'offres publiques pour acheter à n'importe quel prix le sang du Christ. La profession de foi était claire :

« Nous ne nous contentons plus de réponses évasives du type : Jésus est dans nos cœurs et en tous lieux. Nous voulons des actes. Si la technologie existe, il n'y a pas de raisons morales, légales ou bibliques pour ne pas hâter le retour du Christ, sans avoir à attendre la fin des temps [45]. »

Depuis, le site de la secte a été revendu, mais rien n'empêche les transactions de se poursuivre en dehors du Net, comme le laissent entendre les rumeurs « de sources non officielles » que notre enquêteur américain a recueillies au sein du FBI. Mais comment le vérifier ? Ses « sources » lui ont coulé entre les doigts. De même, le fondateur de Second Coming Project a refusé d'apparaître dans notre film. Tout d'abord, il a affirmé que ce projet n'était qu'un gigantesque canular. Puis, face à l'insistance de l'enquêteur, il a déclaré que sa vie était en jeu s'il s'exprimait sur ce sujet.

Fumisterie ou non, son site était en lien, dit-on, avec les réseaux satanistes que Garza-Valdès dénonçait à Jean-Paul II, lors de leur entrevue de 1998.

– On ne pourra pas cloner le Christ à cent pour cent, annonçait alors le microbiologiste au Saint-Père. Si on utilise le peu de sang dont on dispose, on obtiendra un génome incomplet. Ce sera un individu avec une partie des gènes du Christ, un monstre, un Frankenstein – autrement dit : l'Antéchrist.

Et encore, il est optimiste de mettre le mot au singulier. Les généticiens, aujourd'hui, ne posent plus le problème du clonage humain en termes de faisabilité, mais de pourcentage d'échecs. Si jamais l'on obtenait des embryons à partir de l'ADN des reliques, combien viendraient à terme ? Un sur vingt, comme chez les vaches ? Les élèverait-on en batterie sur une île déserte, dans le plus grand secret, pour l'usage personnel d'un milliardaire sénile qui, à la manière d'un personnage de Spielberg, aurait décidé de s'offrir Messianic Park ? Ou bien un pouvoir politique manipulerait-il le symbole planétaire de ce Jésus transgénique pour imposer sa loi, comme je l'ai imaginé dans *L'Evangile de Jimmy* ?

Ce que le roman développait alors sur la propriété intellectuelle du clone, malheureusement, n'a rien de fictif. L'être humain n'est pas brevetable, mais son procédé de fabrication, si. Qu'un supposé « Jésus *bis* » vienne au monde ou pas, son titre de propriété et son brevet d'exploitation existent déjà. On en trouvera des extraits dans un livre du généticien Bertrand Jordan[46].

Soyons clair : ce n'est pas la personnalité du clone qui peut faire l'objet d'un dépôt, mais l'innovation technologique liée à sa conception. Si le présumé Christ est fabriqué par la même méthode que celle qui a permis la naissance de la brebis Dolly, alors des firmes comme Infigen ou Advanced Cell pourraient se disputer la paternité légale du produit humain obtenu – du moins faire valoir leur copyright. Car, aujourd'hui encore, la seule technique qui marche est celle du transfert de noyau. L'ayant brevetée avant qu'Advanced Cell ne fabrique Dolly, Infigen a plaidé que ses droits s'appliquaient *à toutes les formes de clonage à partir de cellules adultes*. Après une avalanche de procédures à l'enjeu crucial pour la jurisprudence, les adversaires ont fini par trouver, en ce qui concerne la brebis, un arrangement financier.

Il est donc évident que, dans l'affaire qui nous occupe, les grands gagnants ne seraient ni les chrétiens, ni les satanistes, ni les politiques, ni même les généticiens, mais, selon toute vraisemblance, les cabinets d'avocats.

Au sommet de l'Eglise catholique romaine, le cardinal Bertone prend au sérieux la menace de ceux qui voudraient engendrer *in vitro* un nouveau Messie – tout en craignant davantage leurs malversations que leurs chances réelles d'aboutir.

– Cloner Jésus, nous a-t-il confié, je crois que c'est techniquement impossible, parce que, là, nous avons une personne unique, non reproductible, qui est le Fils de Dieu incarné.

L'argument relève plus de la théologie que de la science, mais c'est aujourd'hui la position officielle du Vatican. Encore Mgr Bertone est-il un homme courtois. Un autre prélat de la Curie romaine, en charge de la communication sur la bioéthique, a rejeté notre demande d'entrevue en entrant dans une colère noire, et menacé d'excommunication toute personne qui évoquerait en public l'hypothèse d'un clonage du Christ. Ce qui fait du monde.

On peut donc se demander comment réagirait l'Eglise, si elle se trouvait un jour face à un être humain issu du sang de Jésus. Sans doute lui fermerait-elle sa porte en prononçant la phrase de saint Pierre au moment de l'arrestation du Christ : « Je ne connais pas cet homme. »

En dehors de l'Eglise, une dizaine de scientifiques à travers le monde posséderaient aujourd'hui, selon Garza-Valdès, des échantillons de sang du Linceul – sans compter ceux qui détiennent des prélèvements d'Oviedo et d'Argenteuil.

– Jamais ils ne vendront le sang du Christ, assure Garza-Valdès. Ils ne se prostitueront pas.

Mais lui-même a pu sans problème se fournir chez Riggi – gratuitement, comme il le souligne. De même, rien ne prouve que les ravisseurs de la Tunique d'Argenteuil n'ont pas pompé quelques caillots avant de restituer la relique, en 1984[47]. Et qui sait si la pieuse épouse du général Franco, en échange du rouge à lèvres que son baiser laissa sur le Suaire d'Oviedo, n'est pas repartie avec une provision de globules sur un ruban scotch ?

Nous sommes le 26 septembre 2005. Alors que je suis en train d'achever ce chapitre, le Pr Lucotte me téléphone pour m'annoncer l'incroyable nouvelle : les autorités scientifiques et religieuses du Centro de Turin viennent d'accepter le principe d'un échange de matériel. Contre un fragment de la Tunique et l'empreinte génétique qu'il a obtenue du supplicié d'Argenteuil, Lucotte recevra contractuellement, dans deux jours, une fibre officielle du Linceul, tachée de sang et certifiée authentique, afin qu'il effectue de son côté la comparaison génétique. Je ne sais que penser de ce coup de théâtre. L'heure a-t-elle sonné de la Révélation – ou d'une nouvelle mystification ?

Le 17 novembre, j'apprends le résultat qui a été transmis à Turin : le même ADN est présent sur le Linceul et la Tunique. La probabilité pour que le même homme ait saigné dans les deux reliques serait désormais de 99 pour cent. Mais, comme à chaque avancée de la science dans ce dossier, la découverte effectuée complique davantage la situation qu'elle ne résout le problème. D'après l'étude capillaire initiée par Lucotte, le supplicié de la Tunique était sans barbe et avait les cheveux courts. *Il n'est donc pas conforme à l'Image que son corps aurait laissée après sa mort sur les fibres du Linceul.*

Si nous avons affaire à l'œuvre d'un faussaire contemporain, nous venons de le prendre en flagrant délit de négligence. Mais si l'ADN est bien celui de Jésus, que s'est-il passé ? Les Romains auraient-ils, en guise d'humiliation préalable à la flagellation, rasé et tondu le « roi des Juifs » ? Le crucifié nous aurait alors laissé, post mortem, le visage qui était le sien *avant le supplice*. C'est là, bien sûr, une hypothèse de romancier. Je laisse les chercheurs et l'Église donner leurs propres interprétations – ou les passer sous silence.

Quoi qu'il en soit, nul n'est en mesure d'affirmer aujourd'hui qu'un clonage est possible à partir des reliques, mais la demande existe et l'offre demeure toujours envisageable. D'autant que les trois linges de la Passion ne sont peut-être pas les seules sources d'approvisionnement... Le sang du Christ, apparemment, s'est remis à couler.

La preuve par Dieu ?

Au VIIIe siècle, dans un village des Abruzzes nommé Lanciano, un moine est en train de célébrer la messe. Mais il a un problème : il ne croit plus que le sang et la chair du Christ sont réellement présents dans les espèces consacrées. Il prie le Seigneur de lui envoyer un signe. Et soudain, sous ses yeux et ceux de l'assistance, le vin de messe devient du sang et l'hostie se change en morceau de chair.

Ce ne serait qu'une gentille légende comme tant d'autres, si les produits en question n'étaient pas toujours aujourd'hui, sans le moindre agent conservateur, dans un état de fraîcheur inexplicable.

En 1970, 1971 et 1981, des analyses scientifiques furent effectuées au laboratoire de l'hôpital d'Arezzo, sous la direction d'Odoardo Linoli, professeur d'anatomie, de chimie et de microscopie clinique, et par le Pr Bertelli de l'université de Sienne. Les résultats sont formels : le morceau de chair est un fragment de cœur humain, qui semble avoir été découpé avec une précision digne d'un grand chirurgien. Quant au sang, une fois liquéfié, il garde toutes ses propriétés chimiques et physiques sans se détériorer, alors que, normalement, un quart d'heure après l'extraction d'un sang humain, ses activités biologiques cessent définitivement. Là, elles ont résisté à douze siècles d'exposition à tous les facteurs de pollution atmosphérique, et les différentes analyses mettent en évidence le même diagramme que si on avait prélevé ce sang sur un être vivant, quelques minutes plus tôt. Pour une explication rationnelle, prière de se reporter au chapitre « Recherche faussaire désespérément » : les autorités ecclésiastiques et les experts médicaux doivent probablement remplacer le vieux sang par du neuf, lors de chaque examen. Sinon, je ne vois pas d'autre conclusion qu'un miracle mesurable, quantifiable et qui se reproduit – la définition même d'un phénomène scientifique.

Le sang de Lanciano, comme celui des linges de la Passion, est de groupe AB. Une étude de son ADN est en cours aux Etats-Unis, dans le Tennessee, chez un certain Dr Reeves. Pour l'instant, aucune information n'a filtré.

On serait en droit d'attendre que le prodige de Lanciano demeure unique. Eh bien, non. Le 7 décembre 1976, à Betania, Venezuela, une hostie se mit à saigner alors que le curé en avait déjà consommé un morceau. C'était la veille de la fête de l'Immaculée Conception, et une foule considérable assista au phénomène. Sur décision de l'évêque local, l'eucharistie saignante fut envoyée au meilleur laboratoire médical de Caracas, pour détecter une éventuelle supercherie. Là encore, le résultat de l'analyse fut la constatation d'un viol absolu des lois physiques. Le sang était humain et de groupe AB – mais ça, on commence à s'y habituer.

Plus étrange, il contenait « des fibres vivantes provenant d'un cœur également et indiscutablement humain : myocarde, endocarde, nerf vague, ventricule gauche... » Les mêmes éléments présents dans le morceau de chair de Lanciano. Comme si nous n'avions pas bien compris la leçon et qu'il faille encore une fois, si j'ose dire, enfoncer le clou.

A Betania comme à Lanciano, l'ADN trouvé dans le sang eucharistique est gardé top secret. L'Eglise aurait-elle mis en place une cellule de rétention d'informations pour se protéger des généticiens ? Si c'est le cas, elle vient de se montrer singulièrement inopérante dans l'affaire des icônes sanglantes d'Alberobello.

Nous sommes dans les Pouilles, au sud de l'Italie. Le 3 mai 2003, le père Chiriatti va dans sa chambre pour prendre des médicaments, et il tombe en arrêt devant la Vierge à l'Enfant qui figure sur la petite icône accrochée au-dessus de son prie-Dieu. Son visage est couvert de taches. Un enfant de chœur l'aurait-il taguée ? Le prêtre met ses lunettes, car il est très myope. En fait, la Vierge est en train de pleurer. Des larmes rouge vif. Le père Chiriatti appelle ses voisins, et tous constatent que les yeux peints sécrètent une substance qui ressemble à du sang.

Le phénomène dure une demi-heure. Après l'avoir filmé, le curé pose sa caméra vidéo, puis éponge les larmes de la Madone avec son mouchoir, qu'il fait parvenir à un laboratoire d'analyses.

Un an plus tard, c'est Jésus qui se met à saigner –

du moins la deuxième icône du père Chiriatti, pendue au mur d'en face : une représentation du visage du Linceul de Turin. Cette fois, il ne s'agit pas de lacrymation, mais d'une sueur de sang : sept traînées partent du front, descendent le long des joues, slaloment dans la barbe et débordent du cadre. Même réaction du curé : appel à témoins, tournage vidéo et prélèvement – en présence d'une cinquantaine de personnes et d'une patrouille de carabiniers, qui ont envahi le presbytère et confirment le prodige.

C'est le laboratoire génétique de l'université de Bologne, un des meilleurs d'Europe, utilisé par les polices et services secrets de nombreux pays, qui entreprend l'analyse des saignements de Jésus, puis les compare avec ceux de Marie produits l'année précédente. Surprise : c'est le même sang. De groupe AB, naturellement. Et le même ADN. Il provient d'un être humain masculin, et la conclusion du rapport d'analyse, rendu public au printemps 2005, est sans appel : « La configuration des traits génétiques trouvés dans le chromosome Y ne correspond à aucune des configurations présentes dans la banque de données mondiales, qui rassemble les données de vingt-deux mille sujets mâles provenant de cent quatre-vingt-sept populations différentes. [...] La probabilité statistique de trouver, au cours des millénaires, une typologie de sang analogue est de un sur deux cents milliards. »

Bon. Mais rien n'empêche de penser que le brave curé ou un plaisantin du voisinage ait pu se procurer un échantillon de ce sang rare et, par un habile trucage, l'ait fait couler hors des tableaux – supercherie que des illusionnistes ont souvent mise en évidence dans les cas d'œuvres d'art souffrant d'hémorragies. Pas cette fois : les différentes enquêtes et analyses menées sur les icônes d'Alberobello excluent de la manière la plus absolue qu'il y ait eu fraude, duperie ou erreur de laboratoire. En 2003 et 2004, le sang était *frais*, et les généticiens affirment que personne au monde n'est en mesure de produire aujourd'hui une formule sanguine avec des caractéristiques analogues, puisque la banque de données mondiale laisse entendre que l'individu correspondant à l'ADN trouvé n'a pas eu de descendants.

A l'heure où j'écris, les études se poursuivent à l'université de Bologne, en vue de comparer le sang des Pouilles à celui de Lanciano, Betania, Turin et Oviedo. Mais l'actualité sanglante vient constamment remettre au lendemain les travaux sur des phénomènes passés : au moment où Gérard Lucotte l'a contacté, le Pr Lenzi, l'un des chercheurs du laboratoire de génétique de Bologne, était occupé à analyser le sang qui venait de se matérialiser sous forme de croix sur un mur des environs – la nonne témoin de l'événement en avait recueilli un litre et demi.

Sans vouloir jouer les rabat-foi, c'est la goutte qui fait déborder le ciboire. J'ai l'impression d'écrire dans le *Guiness* des miracles. Quel sens donner à tout cela ? Pourquoi tant de scientifiques reconnus, faisant fi des réticences de l'Eglise, ont-ils entrepris de nous convaincre que la réalité dans laquelle nous nous trouvons aujourd'hui est celle de la série *X-Files* ? Les phénomènes que j'ai cités – et j'en passe beaucoup d'autres sous silence, tant ils se ressemblent – sont à l'évidence le fruit d'une *volonté qui s'emballe*. Prodige du ciel, manip du diable ou arnaque humaine à grande échelle, unissant religieux et scientifiques dans une croisade définitive contre les ennemis de la chrétienté ?

Je vais aller encore plus loin dans l'iconoclastie, puisque de toute manière, si j'écoute le monseigneur régnant sur la bioéthique du Vatican, je ne risque plus rien : je me trouve déjà excommunié à mon insu depuis que j'ai publié *L'Evangile de Jimmy*. Arborant en toute modestie et contrition la pancarte JUST EXCOMMUNI-CATED à l'arrière de mon véhicule, je vais donc formuler la question qui doit hanter autant d'hématologues que de théologiens : au regard des phénomènes hallucinants dont je viens de parler, et qui semblent aller tous dans le même sens, le retour annoncé du Messie est-il en train de s'effectuer devant nous sous forme de globules à cloner ?

– Quand Dieu a créé l'homme à son image, ce qu'il voulait c'est que l'homme finisse par devenir Dieu, prêche Richard Seed, le généticien le plus médiatisé de Chicago. Le clonage est la première étape sérieuse de l'être humain pour se rapprocher de Dieu.

Est-ce à dire que Dieu lui-même inciterait au clonage de son Fils ? Hérétique et moralement atterrante, cette assertion n'en est pas moins relayée par plusieurs généticiens croyants qui tentèrent – et tentent encore – de freiner aux Etats-Unis la législation visant à réprimer les cloneurs d'hommes. Lanciano, Betania, Alberobello et toutes les effusions du même tonneau sont, pour certains de ces allumés, non seulement des prodiges mais des encouragements. Ne faut-il pas voir, pensent-ils, dans ces saignements à répétition dont la fréquence a décuplé, une fourniture de matières premières, une livraison de noyaux cellulaires injectables dans des ovules énucléés de jeunes vierges, une collection de prêt-à-cloner ?

Et ils poursuivent leur réflexion : que veut nous dire Jésus, si c'est lui qui est à l'origine de ces dons du sang ? Est-ce un post-scriptum à son message évangélique ? Il déclarait : « Ceci est mon sang, prenez et buvez. » Ajouterait-il à présent : « Prélevez et clonez » ?

Certains y croient. D'autres s'offusquent ou ricanent. D'autres encore, dont je suis, se méfient. Axel Kahn mettait une condition *sine qua non* à l'hypothèse de tout clonage humain : la présence de cellules vivantes. Apparemment, on en a. Du moins est-on bien armé pour faire naître un enfant qu'on persuadera, au moyen de son empreinte génétique, qu'il est le clone du Christ. Les conséquences humaines de ces magouilles pseudo-divines, je les ai imaginées dans mon roman, où un piscinier athée est transformé en apprenti Messie par la Maison Blanche.

Mais je gardais pour la fin une bonne nouvelle. L'ADN de la Tunique d'Argenteuil et celui des saignements d'Alberobello viennent d'être comparés, à l'initiative des Prs Lucotte et Lenzi. Ces deux ADN, concluent-ils, appartiennent à un homme probablement juif moyen-oriental (haplotype J pour Argenteuil, haplotype K pour Alberobello). Toutefois, aussi étrange que cela puisse paraître, au terme de cette avalanche de miracles en série estampillés par la science, les marqueurs sont formels : *il ne s'agit pas du même homme*.

Bien. Mais qu'aurait donné le résultat inverse ? Comment réagirions-nous si l'on nous dévoilait demain, preuves à l'appui, que les sangs de Lanciano, Betania et Alberobello proviennent tous, à travers l'espace et le temps, d'un rebelle crucifié à Jérusalem sous Ponce Pilate ?

Que signifierait la foi, si désormais la raison nous obligeait à croire ?

Résurrection, mode d'emploi

Arrivé à ce point du livre, je vais m'efforcer d'évacuer toute tentation d'impartialité, ce qui est assez difficile pour moi. « Quand j'énonce une vérité, disait Marcel Aymé, s'impose à moi aussitôt le soupçon d'une vérité contraire, qu'il me démange de creuser et d'exprimer avec une ardeur égale. » Mais, sur un sujet où j'ai déjà dû, au fil des pages, heurter autant d'incroyants que de chrétiens, je pense qu'il n'est pas inutile dans ce chapitre, après en avoir averti le lecteur, de laisser parler ma foi et plus seulement les faits.

Ma foi, on l'a vu, n'a rien de bien orthodoxe : elle repose sur la joie d'être en vie, l'esprit critique, la liberté toute-puissante de l'enfance que Jésus nous incitait à réactiver, et, surtout, le sentiment d'empathie, la certitude instinctive de ne faire qu'un avec les autres, les chats, les arbres, les mots, la Terre, d'être un fragment d'hologramme brisé qui contient en lui l'hologramme tout entier. Appelons ça l'amour, sans craindre le ridicule. Qu'est-ce que l'amour ? Le sentiment d'unité renforcé par les brisures.

Ce qui m'intéresse, dans les phénomènes inexpliqués, qu'ils soient de nature mystique ou simplement paranormale, c'est le défi qu'ils lancent à l'intelligence. Intelligence au sens étymologique : créer des liens, prendre conscience du caractère interactif de tout ce qui nous entoure, visible ou invisible. Et l'intelligence ne progresse pas en refusant le défi.

Autrement dit, il ne faut plus tenter hargneusement de faire entrer un monde qui nous échappe dans nos vieilles grilles de lecture, mais changer ces grilles si elles ne déchiffrent plus le monde. Ou remettre en question, carrément, le principe même des grilles.

Quand on mesure la lumière avec un appareil qui identifie les particules, la lumière se présente comme une particule. Mais quand on l'étudie au moyen d'une machine qui détecte les ondes, elle se révèle être une onde. Or elle ne *peut pas* être les deux : c'est une loi physique bien établie, qui se laisse violer à chaque instant. De là à conclure que les choses sont ce qu'elles sont en fonction de la façon dont on les observe, il n'y a qu'un pas, et la mécanique quantique l'a franchi depuis longtemps. Elle va même plus loin : la réalité ne serait qu'un reflet de notre conscience. Voire : la réalité *deviendrait* le reflet de notre conscience, par interaction, comme l'explique Trinh Xuan Thuan[48].

Cette hypothèse renversante vient d'être confirmée en laboratoire par le Dr René Péoc'h[49]. Ce chercheur indépendant, qui obtint naguère sa thèse de doctorat en médecine en démontrant la psychokinésie chez les poussins – c'est-à-dire leur pouvoir d'attirer à eux, par la seule action de leur volonté, un robot qu'ils prennent pour leur mère[50] –, ce chercheur a reproduit plus de mille cinq cents fois l'expérience que voici.

Un ordinateur enregistre la trajectoire d'un petit engin autopropulsé qui, pendant vingt minutes, se déplace au hasard tantôt vers la gauche, tantôt vers la droite, dans une proportion voisine de 50-50. Six mois plus tard, des observateurs vont prendre connaissance des trajets stockés dans la mémoire de l'ordinateur. Mais Péoc'h leur demande de se concentrer, avant d'ouvrir le fichier, pour tenter d'obtenir davantage de déplacements vers la gauche ou vers la droite. Du coup, certains réussiront jusqu'à douze séries de trajectoires successives dans un même sens ! C'est-à-dire que les résultats qui apparaissent alors sur l'écran n'ont plus qu'une chance sur dix mille d'être le produit du hasard. A une seule condition, toutefois : les tracés du petit robot, au moment où ils ont été enregistrés dans l'ordinateur, ne devaient pas avoir de témoin. Si quelqu'un a *déjà pris connaissance* de ces résultats, ceux-ci ne pourront être modifiés. De même pour le pourcentage « forcé » obtenu par la volonté : on ne pourra plus l'infléchir. La conscience crée la réalité.

Mais cette faculté de modifier la norme, d'agir par la pensée sur la matière, dans le temps et l'espace, ne s'exerce pas seulement par un effort conscient. Je pense aux stigmatisés, ces gens travaillés par le mysticisme qui reproduisent dans leur chair les plaies du Christ – le fait est avéré, constaté médicalement depuis des siècles, et les quelques farceurs qui tentent de le simuler en s'automutilant sont aisément démasqués : à moins de cacher des clous dans sa manche, on ne truque pas un tel phénomène psychosomatique. Car c'est bien de cela qu'il s'agit. Même si certaines de ces personnes, en toute simplicité, pensent que c'est Jésus qui se glisse en elles pour revivre sa Passion, c'est en fait leur inconscient qui inflige à leur corps, par ferveur imitatrice, les conséquences du martyre. La preuve ? Les stigmatisés ont toujours saigné par les paumes, or on sait aujourd'hui que les clous ne pouvaient être plantés que dans les poignets, comme on le voit sur le Linceul. Mais l'iconographie religieuse en vigueur depuis des siècles s'est imprimée dans l'inconscient, et ces gens saignent en reproduisant des œuvres d'art.

Où veux-je en venir ? A l'information essentielle qui nous est transmise par ce que nous appelons commodément des « miracles » : la réalité n'est pas ce que nous pensons a priori. Elle n'est pas aussi définie, limitée, irréversible que nous voulons le croire. Et c'est à mes yeux l'enseignement crucial de Jésus : un message qui implique le refus de l'enfermement dogmatique, l'amour du prochain et la conscience de l'interactivité avec ce qui nous entoure, premier pas vers *l'unité* pour entrer dans le « royaume de Dieu » – c'est-à-dire, au sens araméen dénaturé par les traductions : dans la *vie même* de Dieu. Si Jésus s'est dématérialisé dans un drap de lin, laissant la signature d'un homme génétiquement ordinaire, c'est peut-être pour nous inviter nous aussi à une *métamorphose*.

Mais le mode d'emploi pour devenir un papillon ne se trouve pas, contrairement à ce que pensent certains généticiens, dans les vestiges du cocon abandonné par la chenille qui a changé de forme. Le cocon n'est, tout au plus, qu'un aide-mémoire. Un objet qui appelle le respect et l'investigation, certes, un défi à l'intelligence, mais pas un réservoir de substances destinées à fabriquer un nouveau papillon.

Si Jésus nous incite à le cloner, c'est d'un clonage spirituel qu'il s'agit. Remplacer notre vieux noyau cellulaire par celui qu'il nous offre, et le *reprogrammer*. C'est déjà au centre de la pensée de saint Paul, éclairée par le grand théologien Claude Tresmontant, qui y voit une « perspective génétique » dont la résonance a pris toute son ampleur aujourd'hui [51].

« Ne vous conformez pas aux schémas, aux modes, aux idées régnantes de la durée de ce monde-ci, écrit Paul dans sa Deuxième Epître aux Romains, mais métamorphosez-vous par le renouvellement de l'intelligence. »

C'est ainsi que le « vieil homme » doit mourir en nous, afin que naisse l'homme nouveau. Tresmontant y voit le sens de la Résurrection, pour ne pas dire son mode d'emploi. Ce « vieil homme », toujours logé dans notre cerveau, c'est celui de la « première création ». Celui que Paul nomme le « préhominien ». L'homme devait être créé inachevé, afin de croître et de se développer par l'intelligence, le cœur et la foi. Quand Jésus se fait appeler le « Fils de l'Homme », il se définit ainsi comme le prototype de celui que deviendra l'homme à la fin de la seconde création, lorsqu'il aura accompli la métamorphose programmée en lui.

De quelle métamorphose s'agit-il ? Celle de la chenille qui devient papillon, celle du têtard qui se transforme en grenouille : une révolution génétique. « Quand Jésus est venu enseigner la nouvelle programmation, écrit Tresmontant, il n'avait pas de territoire propre, il n'avait pas même un endroit pour reposer sa tête. Intentionnellement, il a renoncé à tout usage de la propriété, et il a expressément recommandé de ne pas thésauriser, de ne pas accumuler... Enfin, à l'égard des autorités politiques et militaires, il a professé une indépendance, il a marqué une distance, pour ne pas dire une désinvolture, qui est tout à fait incompatible avec ce que les régimes tyranniques, de droite ou de gauche, exigent. Il a manifestement enseigné une nouvelle norme, qui entre en conflit avec les vieilles programmations inscrites dans notre cerveau depuis que l'homme existe, programmations qui avaient été élaborées bien avant l'apparition de l'homme [52]. »

Ces vieilles programmations, datant du règne animal, commandent par exemple de répondre à l'agression par l'agression. Elles ont eu leur utilité ; elles sont désormais non seulement caduques mais dangereuses, et nous devons maintenant répondre à l'agression par la création – c'est-à-dire devenir les coopérateurs de Dieu en allant dans le sens de la croissance et de l'accomplissement de l'être, non dans celui de sa destruction.

Tout cela, évidemment, fait bien rigoler le têtard qui ne voit pas comment il pourrait devenir une grenouille, puisque « de mémoire de têtard, on n'a jamais vu cette transformation ». Tresmontant invente alors une parabole jubilatoire : il met en présence deux têtards, une larve bergsonienne et une autre de l'Union rationaliste. La seconde explique à la première que son histoire de métamorphose, c'est de la mystique vaseuse, de l'obscurantisme à trois sous :

– Comment imaginer que nos branchies se transforment en poumons, et pourquoi aller respirer à l'air libre alors que nous sommes faits pour vivre dans l'eau ?

Le têtard bergsonien lui répond :

– Je ne sais pas exactement ce que nous allons devenir, et, comme vous, je n'ai jamais vu dans ma mémoire de têtard cet être nouveau que nous sommes appelés à incarner. Mais je sais que l'appel à cette transformation est inscrit dans mes gènes et dans mon inconscient biologique.

– Le rationalisme, réplique son congénère avec fierté, c'est de soutenir que nous sommes têtards et que nous resterons têtards.

Pour continuer avec les batraciens, j'ajouterai à la parabole une découverte ébouriffante de la fin du XXe siècle. On sait que le têtard régénère : si on lui coupe une partie du corps, elle repousse. C'est naturel, ça se fait malgré lui. Or, en devenant grenouille, il perd cette faculté. Si on l'ampute d'une patte, elle ne se refabriquera plus. La grenouille se contente de cicatriser. Est-ce la conscience supérieure à laquelle est parvenu l'ancien têtard qui lui fait constater le dégât, et l'empêche de croire au miracle d'un retour à la situation antérieure ? Pour éviter la mort, son organisme guérit la plaie, dans le meilleur des cas, rien de plus. Mais des chercheurs ont prouvé que, si on empêche la cicatrisation avec des applications répétées de chlorure de sodium, la grenouille, face à la situation de crise, va puiser dans sa mémoire cellulaire et se mettre à régénérer les tissus, à reconstituer une patte [53].

Il semble que ce soit un processus analogue qui s'enclenche, lors des guérisons spectaculaires constatées par les médecins à Lourdes, auxquelles Pierre Lunel, président de l'université Paris-VIII, consacre un livre passionnant [54]. Sous l'effet de la prière, de la

pression intérieure ou de la ferveur ambiante, l'hypo-
physe et l'hypothalamus libéreraient des « molécules
messagères », qui auraient le pouvoir de ramener les
cellules souches au stade de la constitution embryon-
naire, afin de rétablir l'organe ou la fonction tels qu'ils
étaient à l'origine.

L'ampleur et les résultats de la recherche médicale
sur les « miracles » laissent abasourdis ceux qui,
comme moi, en étaient restés au scepticisme avisé
d'Emile Zola – lequel fut témoin d'une double guérison spontanée reconnue par la médecine : celle des
deux femmes que, justement, il avait auparavant choi-
sies, dans le train du pèlerinage, comme modèles pour
les personnages d'un roman qui ridiculiserait les
superstitions lourdaises [55]. Honnête, Zola admit devant
témoins : « On discernait non sans surprise un sourd
travail de guérison. » Il faut dire que, par exemple,
Marie Lebranchu (rebaptisée Grivotte dans le roman)
était au dernier stade d'une tuberculose galopante
quand elle se rétablit totalement, sous les yeux de Zola.
Dans son roman, il la tue. Elle survécut, se maria,
travailla comme vendeuse au Bon Marché, et, pas ran-
cunière, invita souvent l'auteur de sa mort fictive à
prendre le thé.

Pour en revenir à Jésus, quel est le sens de cette
Résurrection, cette métamorphose à laquelle il nous
invite ? Devenir enfants de Dieu, nous dit saint Paul,
par *adoption*. Ce qui signifie que nous ne l'étions pas
initialement, par nature, mais que nous sommes
appelés à le devenir par un travail conscient débouchant
sur une grâce. Divergence fondamentale avec le dogme

de la Chute, la conception du Paradis perdu et de la transcendance originelle dont nous serions déchus. C'est l'enseignement fondateur du christianisme, sa rupture totale avec l'Ancien Testament, et on comprend que l'Eglise ait tout fait pour gommer cet aspect du message de Jésus. Si on le suit à la lettre, il n'y a plus de péché originel, de tare congénitale ni de mea culpa : simplement du boulot à fournir pour devenir assistant du Créateur, pour accoucher de nous-mêmes en donnant naissance à la créature supérieure inscrite dans nos gènes.

Concrètement, que faire pour enclencher cette métamorphose ? Cesser d'avoir peur, d'avoir honte de croire en l'impossible. Toute cette hémoglobine paradivine offerte à nos analyses scientifiques, ce défi à l'entendement, ce harcèlement spirituel sont-ils destinés à nous empêcher de cicatriser ? A réveiller en nous la magie dormante, la faculté de nous régénérer ?

Si nous entendons le message, les prodiges ambiants cesseront-ils ? Nous sommes peut-être déjà passés, du reste, sans nous en rendre compte, à une étape suivante. Si le Linceul, comme l'affirment certains biologistes, est en train de s'autodétruire dans son caisson de gaz inerte, sous l'effet des bactéries vertes et pourpres qui prolifèrent en l'absence d'oxygène, si les généticiens, les ecclésiastiques et les autorités civiles se déchirent autour des reliques, alternant loi du silence, effets d'annonce tonitruants et fuites sous contrôle, si la compétition, la jalousie et la haine pourrissent, comme nous l'avons constaté durant le film, les rapports entre les différents propriétaires et sous-traitants des linges de la Passion, c'est peut-être qu'il faut aller chercher ailleurs, pour continuer l'évolution qui nous est demandée, la sérénité d'un symbole un peu moins infecté.

Est-ce un hasard gratuit si, en 2003 et 2004, chez le curé d'Alberobello, les icônes de Marie et Jésus ont produit le même sang ?

Marie et Jésus : le jour et la nuit

Tout le temps que j'ai consacré aux reliques attribuées à Jésus, depuis *L'Evangile de Jimmy* jusqu'à la rédaction du présent texte, en passant par les mois d'enquête, d'obstacles et d'acharnement qui ont donné naissance au film d'Yves Boisset, j'ai été partagé entre la rage de comprendre et le refus d'être manipulé, l'enthousiasme et le doute. L'émerveillement parfois, le malaise souvent.

Les linges dits de la Passion, particulièrement le Linceul de Turin, génèrent, me semble-t-il, des forces occultes n'inspirant pas que des intentions claires. On peut même dire que la « Lumière » du Christ attire vers ses reliques un certain nombre de moustiques. Peut-être est-ce lié à la nature même de ces vestiges, à leur contenu physiologique. Jimmy Wood, mon supposé clone de Jésus, exprimait ainsi l'angoisse de ses origines :

« Je suis né d'une image négative, je proviens d'un linge de mort, un objet totalement impur, une relique maudite qu'on a essayé de cacher, de nier depuis toujours, et peut-être qu'on aurait dû la détruire. On m'a extrait du sang d'un sacrifice, je viens de la partie *restante* du Christ, celle qui n'est pas ressuscitée, qui n'est pas montée vers Dieu... »

Vue sous cet angle, l'Image négative de Jésus sur le Linceul de Turin est le *contraire* de celle de Marie, imprimée devant témoins à Mexico sur la tunique de l'Indien aztèque Juan Diego, le 12 décembre 1531 – juste un an avant que le Linceul ne manque disparaître dans l'incendie de Chambéry, qui lui laissera des brûlures indélébiles. Cette Vierge de Guadalupe [56], dont j'ai raconté l'histoire dans *L'Apparition*, je la considère comme le *positif* du Linceul : tout ce qui les oppose est le fruit d'une parfaite symétrie.

En premier lieu, le drap funéraire qu'on dit acheté par Joseph d'Arimathie pour ensevelir Jésus est une étoffe précieuse, au tissage hors de prix, réservée aux plus riches d'entre les riches. La Tilma, cette tunique que portait Juan Diego, est un vêtement de pauvre en fibres d'agave, qui n'aurait pas dû se conserver plus d'une vingtaine d'années. Elle est toujours là, dans un état de fraîcheur proportionnel à la dégradation du Linceul.

L'Image du Christ semble s'être formée dans la nuit du tombeau, sans témoins. Celle de Marie, sur la Tilma, est apparue en plein jour devant une douzaine de personnes, dont l'évêque de Mexico, événement attesté par divers documents d'époque, de source aztèque aussi bien qu'espagnole, parvenus jusqu'à nous et authentifiés.

Dès l'origine, l'existence du Linceul est contestée historiquement. Il aurait été caché, enfoui, oublié, retrouvé en 525 grâce aux inondations d'Edesse, puis à nouveau dissimulé durant des siècles pour éviter sans succès les vols, l'idolâtrie populaire et les tentatives de destruction. On ne le sort de son reliquaire que pour de brèves et rares ostensions. Il est peut-être aujourd'hui définitivement soustrait à tous les regards humains, livré aux bactéries dans son caisson blindé empli de gaz inerte.

L'histoire de la Tilma, elle, est parfaitement lisse. On ne l'a jamais perdue de vue, elle n'a jamais voyagé, restant exposée depuis 1531 à la vénération des foules, dans son sanctuaire de Mexico où se pressent chaque année vingt millions de personnes.

Le Linceul est un linge conservant le sang et les sérosités d'un cadavre ; aucune substance humaine n'imprègne la Tilma. Rien à cloner : les généticiens sont les seuls chercheurs qui ne s'y sont jamais intéressés.

Si le message contenu dans le Linceul est le fruit d'une mise à mort, celui qu'exprime la Tilma a empêché un génocide. Les Aztèques étaient en effet au bord de la révolte, face aux exactions des colons espagnols, révolte que ceux-ci auraient réprimée dans un bain de sang. Le fait que la Vierge ait choisi un Indien pour être son porte-parole, son porte-image auprès du clergé catholique, a modifié radicalement l'attitude de l'Eglise à l'égard des Aztèques, amenant le pape Paul III à reconnaître dans une bulle en 1537 que les Indiens du Mexique avaient une âme. Ils quittèrent ainsi leur statut de bétail abattable : tuer un Aztèque devenait désormais un péché.

De par la personnalité de Jésus, sa condition de Fils de Dieu contestée par le judaïsme et l'islam, le Linceul a toujours attisé les querelles religieuses. Là où il divise les croyants, la Tilma, elle, réconcilie les cultures. Le manteau de cette Vierge, apparemment semblable à celui d'une jeune juive du Iᵉʳ siècle, est en effet orné de broderies représentant des symboles aztèques, qui traduisent, dans un langage accessible aux seuls Indiens, le message d'amour et d'intercession pacifique associé pour les chrétiens à l'image de Marie. D'ailleurs, si l'Eglise a marqué tant de distance, à l'origine, face au culte voué à la Tilma, c'est que cette Vierge biculturelle ressemblait un peu trop à Tonantzin, divinité majeure du panthéon aztèque, que l'autorité catholique espagnole avait eu beaucoup de mal à éradiquer. D'autant que ladite Vierge demandait à l'évêque de Mexico, par la bouche de Juan Diego, qu'on lui construise une chapelle sur la colline jadis consacrée à la déesse-mère des Indiens.

Les scientifiques du monde entier ont étudié les deux étoffes. On a vu toutes les contestations soulevées quant à l'origine du Linceul, et les difficultés opposées jusqu'à présent par l'Eglise à de nouveaux examens. L'authenticité de la Tilma, elle, n'a jamais été remise en question par la science, et les recherches pluridisciplinaires toujours encouragées par le clergé mexicain – particulièrement du temps de Mgr Schulembourg, l'ancien recteur de la basilique de Guadalupe qui, lui, ne croyait pas du tout au caractère surnaturel de cette œuvre d'art. Experts en peinture, astronomes et ophtalmologues, qu'il convoquait frénétiquement pour qu'ils mettent en évidence le travail d'un faussaire, le détrompèrent à chaque fois.

On a vu que la formation de l'Image de Jésus sur le Linceul était toujours inexpliquée. Celle de Marie sur la Tilma aussi, mais elle n'a rien à voir. On dirait une peinture en couleurs, seulement ces couleurs proviennent de pigments inconnus sur Terre, et l'image imprime recto verso, sans le moindre apprêt, un tissu à la trame aussi lâche qu'irrégulière – autant de facteurs dont la réunion est à la fois impossible et vérifiée à chaque examen.

Mais il y a mieux : on a découvert que les étoiles, sur le manteau de la Vierge, reproduisent exactement l'emplacement des constellations au-dessus de Mexico, au jour et à l'heure de l'apparition devant témoins, ce qui dénote des connaissances en astronomie et une technique de reproduction inimaginables au XVIe siècle. En fait, on se trouve devant une sorte de projection directe du ciel sur l'étoffe, où la position des étoiles est inversée gauche/droite – inversion rappelant l'Image du Linceul, mais le parallèle s'arrête là. En outre, la voûte céleste étant une surface courbe, elle s'inscrit sur l'étoffe plane selon les principes de l'anamorphose, qui ne seront définis qu'au XVIIIe siècle.

Quant aux yeux de cette Vierge imprimée, ils présentent, quand on les examine à l'ophtalmoscope, les caractéristiques de pupilles vivantes, notamment l'effet de relief en creux, impossible à obtenir sur une surface plane et, qui plus est, opaque. En outre, au début du XXe siècle, on découvrit dans ces yeux le reflet des témoins de l'apparition : l'évêque de Mexico et d'autres personnages – observation confirmée depuis par les plus grands ophtalmologues et les spécialistes en traitement photo de la Nasa[57]. Comme dans un œil « normal », la scène que le sujet est en train de voir se reflète trois fois : sur la cornée, puis sur la surface antérieure du cristallin, à l'envers, puis de nouveau à l'endroit sur la surface postérieure du même cristallin. Ce phénomène est en parfait accord avec la loi optique de Purkinje-Samson, définie en 1832. Dernière découverte en date : le Dr Jorge Escalante, à la tête d'une équipe d'ophtalmologues, constata en 1991, au bord des paupières, les signes très nets d'une microcirculation artérielle.

A nouveau je renvoie le lecteur à mon chapitre « Recherche faussaire désespérément ». Comme pour les linges de la Passion et les saignements d'objets, la seule hypothèse « rationnelle » est celle de contrefacteurs récidivistes, réactualisant la relique à chaque nouveau progrès de la science. Nous avons donc le choix, une fois de plus, entre l'inconcevable et l'impossible. Reste aussi la solution d'oublier tout cela, de refermer ce livre et de retourner aux occupations terrestres habituelles. La politique de l'autruche est respectable : tout dépend de ce qu'il y a dans le sable.

On a vu que tous les accidents subis par le Linceul au cours de son histoire – inondations, incendies, contaminations bactériennes... – lui avaient causé des dommages irréparables. De même le Suaire d'Oviedo, outre les traces du baiser de Mme Franco, présente une déchirure provoquée par la bombe qui tenta de le détruire en 1934. Quant à la Tunique d'Argenteuil, découpée en morceaux par le religieux qui pensait la protéger ainsi contre le saccage des révolutionnaires, elle est de surcroît mangée aux mites, rongée par le

DDT, grignotée par les spores de moisissure. La Tilma, elle, va très bien.

Tout d'abord, ce fragile tissu d'agave est indestructible, personne ne comprend comment. On fit des copies de la Vierge sur des étoffes identiques, qui tombèrent en poussière au bout de quelques années. Exposé durant plus d'un siècle sans même une vitre de protection, l'original résista aux insectes, à la ferveur des fidèles qui le touchaient et l'embrassaient sans relâche, et surtout à la chaleur des cierges brûlant en permanence tout autour. En 1791, tandis qu'on nettoyait son cadre d'argent, on fit couler sur le tissu de l'acide, qui logiquement aurait dû crever la surface. Les taches jaunâtres qui en furent les seules conséquences disparaissent peu à peu au fil des ans, d'après les spécialistes qui suivent cette étrange régénération textile. Enfin, le 14 novembre 1921, une bombe fut placée sous la Tilma. Les vitres de la basilique se brisèrent comme celles des habitations alentour, le marbre de l'autel vola en éclats, son crucifix de bronze se tordit sous la violence de l'explosion. Qu'advint-il de la relique suspendue juste au-dessus ? Ni le cadre, ni le tissu, ni l'Image ne subirent le moindre dommage.

On ne s'étonnera donc pas que ce vêtement illustré fasse des miracles. Le Linceul, lui, officiellement, n'en a jamais provoqué. C'est bien ce qu'on lui reproche, d'ailleurs. C'est même la raison pour laquelle le très catholique Dr Pascal, en 1938, doutait de son authenticité. « Comment expliquer cette impuissance étrange ? Pour le croyant, une seule solution : le Linceul de Turin est apocryphe. Pour le sceptique, c'est bien plus simple encore : l'absence de prodiges, de guérisons, signifie qu'on n'a jamais cru à l'authenticité de la relique. Il n'y a que la foi qui sauve, or les fidèles n'avaient pas la confiance nécessaire. Ils considéraient l'image comme une simple figuration du Christ [58]. »

Mais faire des miracles, docteur, n'est peut-être pas la mission du Linceul. A chacun son rôle et son message. Ce linge funèbre n'est pas un porte-bonheur, c'est un aide-mémoire – voire une balise de secours. C'est la théorie du mathématicien Upinsky. Pour lui, l'Eglise a tenu pendant près de vingt siècles le rôle de balise principale, diffusant le message des quatre Evangiles. Puis, prise entre sa vision biblique de l'histoire et la réalité du monde moderne, entre ses fondements spirituels et ses objectifs stratégiques, l'Eglise a commencé, dès la seconde moitié du XIXᵉ siècle, à s'éloigner de son double principe fondateur. L'Incarnation du Fils de Dieu et sa Résurrection sont ainsi devenues souvent des allégories, des abstractions, de simples bases de réflexion débouchant sur des valeurs morales – au même titre que les miracles des Ecritures. Et cette distance prise avec le principe fondateur est allée de pair avec une perte de foi galopante, une crise des vocations et des consciences que le christianisme n'avait jamais connue dans son histoire.

C'est alors que le drap de lin s'est mis à « parler », grâce aux photographies de Secondo Pia. « Comme si ce Linceul qui était éteint depuis l'origine de notre ère s'allumait soudainement, comme une balise destinée à guider le navigateur perdu en mer. [...] Le plus singulier était que la balise principale tardait sans cesse à donner à cette nouvelle balise la visibilité qui s'imposait, dans la tempête, pour secourir les navires en perdition [59]. »

Le message en négatif du Linceul des premiers temps se devait donc d'être soutenu, voire complété par le message en positif apparu dans le Nouveau Monde. Si l'Image laissée par Jésus est le rappel indélébile d'une souffrance qui transcende la mort, celle offerte par Marie est l'évidence inaltérable du merveilleux qui sous-tend la vie.

Juan Diego fut canonisé par Jean-Paul II en juillet 2002. Deux miracles au moins sont obligatoires pour un futur saint, avant de pouvoir instruire le dossier. L'un de ceux qui furent retenus, parmi des centaines d'autres, est celui du 3 mai 1990. Un jeune homme se jette dans le vide, sous les yeux de sa mère, s'écrase la tête la première sur le bitume. On le transporte à l'hôpital, où le diagnostic ne laisse aucun espoir. Fracture à la base du crâne, rupture de la colonne vertébrale : c'est la paralysie totale et la mort imminente. Sa mère se précipite à la basilique de Guadalupe pour invoquer la Vierge et Juan Diego, réputés très efficaces dans les cas désespérés. Sept jours plus tard, le jeune homme se retrouve en parfaite santé physique et mentale, sans aucune séquelle.

J'ai rencontré à Mexico le Pr Hernandez Illescas, chargé de réunir et transmettre au Vatican les pièces à conviction. Il m'a montré les deux énormes tomes reliés en veau qui rassemblent le dossier médical, les dépositions des témoins et les compléments d'enquête. Après examen, le comité de médecins indépendants saisi par la Congrégation pour la cause des saints conclut, à l'unanimité, qu'il ne s'agissait pas d'un miracle, mais de deux miracles distincts, chacun des traumatismes constatés étant incurable et mortel.

Tous ces phénomènes qu'on impute à Marie, Jésus ou leurs plénipotentiaires semblent donc connaître, depuis quelques années, une recrudescence effrénée. Mais le véritable tournant, on l'a vu, se situe à la fin du XIXᵉ siècle. C'est en 1898 que l'invention de la photographie révèle la véritable Image du Linceul. Peu après, l'agrandissement d'un cliché de la Vierge de Guadalupe met en évidence dans ses yeux le reflet d'un homme barbu, prélude aux futures découvertes ophtalmologiques. C'est aussi l'époque où sont publiées les premières analyses du sang découvert sur la Tunique d'Argenteuil. Et c'est en 1898 que sera pratiquée pour la première fois l'autopsie d'un miracle.

Pierre De Rudder, un ouvrier agricole belge, avait eu la jambe broyée de façon si horrible que ses os, au bout de huit ans, n'avaient pas pu se rejoindre. C'est alors qu'il apprend qu'on vient de construire, près de chez lui, une réplique de la grotte de Lourdes. Le 7 avril 1875, il s'y traîne avec ses béquilles. Puis soudain il les lâche et, devant l'assistance médusée, se met à faire le tour de la grotte en sautillant, remerciant Notre-Dame pour sa bonté. Comme quoi la guérison lourdaise n'est pas forcément une question de microclimat, d'histoire sainte ni d'eau de source. Avec une contrefaçon belge, cela marche aussi.

Les médecins qui examinent dès le lendemain le miraculé constatent que l'ossature s'est reconstituée, et que la plaie gangreneuse a disparu. Pierre se remet à travailler le lundi suivant, et labourera la terre de ses patrons jusqu'à sa mort, à l'âge de soixante-quinze ans.

C'est là qu'on décide de l'autopsier, et que l'examen confirme les faits : on trouve le tracé de fractures anciennes, de longue durée, spontanément ressoudées. Le moulage en cuivre de la jambe de Pierre De Rudder est exposé de nos jours au Bureau médical de Lourdes [60].

A l'issue de ce tour d'horizon des métamorphoses quantiques livrées à notre méditation, qu'elles émanent du ciel ou de nos ressources intérieures, l'envie me prend de citer la belle profession de non-foi rédigée par l'agnostique Yves Delage, censuré en 1902 dans ses conclusions sur le Linceul de Turin par ses pairs de l'Académie des sciences, pour cause d'honnêteté intempestive : « On a inutilement fait entrer une question religieuse dans un problème qui en lui-même est purement scientifique, avec le résultat que les passions se sont échauffées et que la raison s'est égarée. Si, au lieu du Christ, il était question de quelque personne comme Achille ou l'un des pharaons, personne n'aurait songé à soulever une objection quelconque... J'ai été fidèle au véritable esprit scientifique en traitant cette question, m'en tenant uniquement à la vérité sans me soucier le moins du monde de son effet sur les intérêts de quelque parti religieux. Je reconnais le Christ en tant que personnage historique, et je ne vois pas de raison pour que quelqu'un se scandalise du fait qu'il

existe encore des traces matérielles de sa vie terrestre[61]. »

Cloner le Christ ? achève le triptyque entamé – sans
qu'à l'époque j'en sois conscient – avec *L'Apparition*
et *L'Evangile de Jimmy*. Je ne crois pas que cette aventure en trois volets, nourrie d'enquêtes et d'expériences
synthétisées par l'imaginaire, puis confrontées de nouveau à la réalité, m'ait rendu plus croyant. Elle m'a
conforté dans mon rôle ; c'est ma seule certitude. Je
ne serai jamais un gourou, un représentant en valeurs
morales ni un poteau indicateur. Je demeure un trans-
metteur de rêves, c'est tout. Même s'il arrive, à mon
insu parfois, sous mon influence peut-être – comme la
physique quantique le suggère –, que la réalité s'inspire
de ces rêves.

Que dire en conclusion ? Je repasse la parole à
Claude Tresmontant : « Ce qui est mauvais, ce n'est
pas d'être chenille, c'est de refuser la transformation
par laquelle la chenille devient papillon. »

Jésus comme Marie, si ce sont eux, à travers les
signes *matériels* qu'ils nous envoient, nous incitent à
reprendre le pouvoir sur la matière qui nous fige ou
nous dégrade. Ils ne se contentent pas de violer nos
lois physiques pour se faire remarquer : ils nous four-
nissent les indices et l'élan destinés à nous faire
découvrir de nouvelles lois physiques, un nouveau
mode d'emploi du monde et de nous-mêmes. Ils nous
proposent d'achever notre propre construction, au
lieu de simplement détruire notre planète. Ils nous

rappellent la métamorphose programmée en nous, mais qu'il nous appartient de valider.

Ils nous suggèrent un plan d'évasion, nous offrent les moyens de sortir, si nous le voulons, de nos prisons intérieures – peur de la mort, fanatisme aveugle ou incroyance obtuse, carcan du désespoir, valeurs refuges de l'égoïsme et du rapport de force... Ils nous invitent à nous cloner spirituellement, pour donner naissance à un autre nous-même qui nous prolonge et nous transcende. Ils nous encouragent à désactiver nos gènes-verrous, comme disent les biologistes. Ils nous donnent des clés.

A chacun de trouver, dans son cœur ou son intelligence, les serrures qu'elles ouvrent.

NOTES

1. *Jésus et la Science,* André Marion (Presses de la Renaissance, Paris, 2000).

2. *Nouvelles découvertes sur le Suaire de Turin,* André Marion et Anne-Laure Courage (Albin Michel, Paris, 1997).

3. *Optical engineering,* vol. 37, n° 8, 1998.

4. *Résurrection de Jésus et message pascal*, Xavier Léon-Dufour (Le Seuil, Paris, 1971).

5. Parmi les éléments suggérant une datation au début de notre ère : les dimensions de la toile correspondant à des multiples entiers exacts de la coudée juive (unité de mesure en vigueur au temps de Jésus), la structure du lin et le mode de tissage (propres à la Syrie des premiers siècles), les traces d'un coton caractéristique du Moyen-Orient, la technique de blanchiment après tissage (très peu usitée après le VIIIᵉ siècle), la couture latérale du même type que celles trouvées sur des tissus provenant de Masada (détruite par les Romains en 74)... En outre, l'agrandissement d'une paupière de l'Image aurait mis en évidence l'empreinte d'une pièce frappée sous Ponce Pilate, mise en circulation entre 30 et 32. Découverte par le père Filas, physicien à l'université Loyola de Chicago, elle présente une anomalie (« Tibère César » est écrit avec un C au lieu du K grec) qui a conduit les numismates à réfuter son existence, jusqu'en 1981 où l'on exhuma des pièces similaires comportant la même erreur. La présence de ces monnaies qui auraient maintenu fermées les paupières du cadavre est contestée par les examens d'André Marion, mais abondamment confirmée

par Bruno Bonnet-Eymard dans *Le Saint Suaire, signe de contradiction* (CRC, 1990).

6. Le codex Pray est le plus ancien texte connu en langue hongroise. Il comporte des partitions musicales, les « neumes », qui permettent de le dater avec précision.

7. *Le Saint Suaire de Turin*, Paul Vignon (Masson, Paris, 1938).

8. *Le Suaire de Turin*, Ian Wilson (Albin Michel, Paris, 1978).

9. *Revue internationale du Linceul de Turin* (CIELT, Paris, 2003, n° 25).

10. *Contre-enquête sur le Saint Suaire*, Maria Grazia Siliato (Plon/Desclée de Brouwer, Paris, 1998).

11. Traduction de A.-M. Dubarle, *Histoire ancienne du Linceul de Turin jusqu'au XIIe siècle* (ŒIL, Paris, 1985).

12. A la suite du très sceptique chanoine Ulysse Chevalier au début du XXe siècle, le père Jean-Michel Maldamé, doyen de la faculté de philosophie de l'Institut catholique de Toulouse, estime de nos jours que « la volonté de prouver l'authenticité du Linceul est un piège », car si l'Image devait fournir un portrait unique de Jésus, elle ferait écran entre Dieu et celui qui le prie. Se focaliser sur la preuve, c'est « réduire le contenu de la foi en faisant de la Résurrection de Jésus un miracle, au sens positiviste du terme » (*Le Monde*, 3 juillet 1996). C'est l'une des raisons pour lesquelles l'Eglise continue généralement de qualifier le Linceul d'« icône » et non de « relique ».

13. *Le Paranormal*, Henri Broch (Points Sciences, Paris, 2001).

14. *Histoire du Saint Suaire et de la Maison de Savoie*, conférence de la princesse Marie-Gabrielle de Savoie.

15. *Le Radiocarbone face au Linceul de Turin*, Marie-Claire van Oosterwyck-Gastuche (F.-X. de Guibert, Paris, 1999).

16. *101 questions sur le Saint Suaire,* Pierluigi Baima Bollone (Editions Saint-Augustin, 2001).

17. Dépêche AFP du mardi 3 août 1999, 20 h 37.

18. *Dieu et Satan, le combat continue*, François Brune (Oxus, Paris, 2004).

19. *La Sainte Tunique d'Argenteuil*, François Le Quéré (F.-X. de Guibert, Paris, 1997, 2000).

20. Bulletin du COSTA, Comité œcuménique et scientifique de la Tunique d'Argenteuil (UNEC, Saint-Gratien, 13 décembre 2004).

21. *Une si humble et si sainte Tunique*, Jean-Maurice Devals (F.-X. de Guibert, Paris, 2005).

22. *L'Identification scientifique de l'homme du Linceul* (Actes du Symposium scientifique international de Rome en 1993, F.-X. de Guibert, Paris, 1995) ; *L'Enigme du Linceul*, Arnaud-Aaron Upinsky (Fayard, Paris, 1998).

23 et 24. *L'Affaire du Linceul de Turin*, Denis Desforges (Albin Michel, Paris, 2005).

25. *Marie*, Jacques Duquesne (Plon, Paris, 2004).

26. *Les Miracles et autres prodiges*, François Brune (Oxus, Paris, 2000).

27. *The DNA of God ?*, Leoncio Garza-Valdès (Doubleday, New York, 1999).

28. *Devenez sorciers, devenez savants*, Georges Charpak et Henri Broch (Odile Jacob, Paris, 2002).

29. *Blood on the Shroud of Turin*, J.H. Heller, A.D. Adler (*Applied Optics*, 15 août 1980).

30. *101 questions sur le Saint Suaire*, Pierluigi Baima Bollone (*op. cit.*) ; *Suaire de Turin : a-t-on daté en partie un raccommodage ?*, Richard Golay (*Revue française de parapsychologie*, Toulouse, juillet 2002).

31. *L'Enseignement de Ieshoua de Nazareth*, Claude Tresmontant (Le Seuil, Paris, 1970).

32. *Saint-Paul, le témoignage mystique*, François Brune (Oxus, 2003).

33. *D'une vie à l'autre*, entretien avec Evelyn Elsaesser Valarino (Dervy, Paris, 1999).

34. *Turin Shroud*, Lynn Picknett et Clive Prince (Bloomsbury Publishing, Londres, 1994).

35. *Dieu et Satan, le combat continue*, François Brune (*op. cit.*).

36. *L'Enigme du Linceul*, Arnaud-Aaron Upinsky (*op. cit.*).

37. C'est la thèse défendue dans un film anglais de Channel 4 par le Pr Nicholas Alben, qui, toutefois, estime que cette manipulation « photographique » a pu être effectuée au XIVe siècle, en projetant, par le biais du soleil et d'une lentille, un corps immobile sur un linceul rendu photosensible par du sulfate d'argent.

38. *L'Affaire du Linceul de Turin*, Denis Desforges (*op. cit.*).

39. *Nouveau mécanisme de formation de l'Image sur le Linceul*

de Turin, ayant pu entraîner une fausse datation médiévale, Jean-Baptiste Rinaudo (Actes du symposium de Rome, *op. cit.*).

40. *Hypothèse expliquant la formation de toutes les traces dans le Linceul de Turin* (Actes du symposium de Rome, *op. cit.*).

41. *Laserthérapie dans la prévention et le traitement des mucites liées à la chimiothérapie*, Gaston Ciais (*Bulletin du cancer*, février 1992).

42. *Le Chaos et l'Harmonie*, Trinh Xuan Thuan (Folio Essais, 2000).

43. *Le Secret de la salamandre : la médecine en quête d'immortalité*, Axel Kahn et Fabrice Papillon (Nil, Paris, 2005).

44. Emission *Science Frictions* de Jean-Yves Naud et Michel Alberganti, France Culture, 27 novembre 2004.

45. *El Mondo* (Madrid), repris dans *Courrier international* (9 janvier 2003) ; *Revue internationale du Linceul de Turin*, n° 25.

46. *Les Marchands de clones*, Bertrand Jordan (Le Seuil, Paris, 2003).

47. Le sous-préfet Maurice (alias Jean-Maurice Devals en librairie) révèle dans son intéressant ouvrage (*Une si humble et si sainte Tunique*, *op. cit.*, page 65) que, lors des examens de 2003-2004, les mesures de la Tunique ne correspondaient pas à celles de 1892. Soit ces dernières étaient fausses, soit il manquait un morceau de 5,5 cm sur 3 cm.

48. *Le Chaos et l'Harmonie*, Trinh Xuan Thuan *(op. cit.)*.

49. *Expérience de psychokinèse*, René Péoc'h, in *Paranormal, mythes et réalités*, Actes du symposium de Paris en novembre 2000, sous la direction de Eric Raulet et Emmanuel-Juste Duits (Dervy, Paris, 2002).

50. *Mise en évidence d'un effet psychophysique sur le tychoscope par l'homme et le poussin*, thèse de doctorat en médecine, René Péoc'h (Université de Nantes, 1986).

51 et 52. *La Mystique chrétienne et l'Avenir de l'homme*, Claude Tresmontant (Le Seuil, 1977).

53. *Régénération et cicatrisation*, Catherine Ziller (*in* Encyclopædia Universalis).

54. *Les Guérisons miraculeuses*, Pierre Lunel (Plon, Paris, 2002).

55. *Lourdes*, Emile Zola (Gallimard/Folio, Paris, 1995).

56. *La Vierge du Mexique*, François Brune (Le Jardin des Livres, Paris, 2003) ; *Notre-Dame de Guadalupe et son image devant l'histoire et la science*, B. Bonnet-Eymard (CRC n° 157, septembre 1980).

57. *Los Ojos de la Virgen de Guadalupe*, Dr J.A. Tonsmann (Diana Editorial, Mexico, 1993) ; *The Image of Guadalupe, Myth or Miracle ?*, Jody Brant Smith (Doubleday, New York, 1983).

58. Dr Pascal, *Revue métapsychique* n° 1, 1938.

59. *L'Enigme du Linceul,* Arnaud-Aaron Upinsky *(op. cit.)*.

60. *Les Guérisons miraculeuses*, Pierre Lunel *(op. cit.)*.

61. Lettre du Pr Yves Delage au Dr Charles Richet, directeur de *La Revue scientifique*.

Table

Didier van Cauwelaert
dans Le Livre de Poche

L'Apparition n° 15481

Le 12 décembre 1531, l'image de la Vierge Marie apparaît devant témoins sur la tunique de Juan Diego, un Indien aztèque. Quatre siècles plus tard, des scientifiques découvrent, dans les yeux de cette Vierge, le reflet des témoins de l'apparition. Embarrassé par les querelles d'intérêts qui se déclenchent autour de la canonisation de Juan Diego, le Vatican charge Nathalie Krentz, ophtalmologue qui ne croit en rien, d'aller réfuter le miracle.

Cheyenne n° 13854

On peut tomber amoureux à onze ans, et pour la vie. C'est ce qui est arrivé au héros de ce livre. Dix ans plus tard il a retrouvé Cheyenne, le temps d'une nuit trop brève à l'issue de laquelle elle a disparu. Le jour où il reçoit une carte postale d'Anvers, revêtue de son seul nom, il part pour la Belgique, ne doutant pas qu'elle l'appelle...

Corps étranger n° 14793

Peut-on changer de vie par amour, devenir quelqu'un de neuf sous une autre identité, sans sacrifier pour autant son existence habituelle ? C'est ce que va oser Frédéric. A dix-huit ans, il avait publié sous le nom de Richard Glen un roman passé inaperçu, puis il avait renoncé à l'écriture ; il avait conquis Paris d'une autre manière... Mais, un jour, une jeune étudiante de Bruges envoie une lettre à ce pseudonyme oublié, à cette part de lui-même en sommeil depuis plus de vingt ans.

tout s'arrête après la mort physique, sont brisés par le drame. Jusqu'au jour où ils commencent à recevoir des messages...

Rencontre sous X

Elle est la star montante du X. Il est une gloire déchue du foot. A 19 ans, ils ont tout connu, tout défié, tout subi. Au milieu des marchands d'esclaves qui transforment les êtres humains en produits dérivés, ils vont se reconnaître, se rendre leurs rêves, leur rire, leur dignité.

Un objet en souffrance

L'un, Simon, vendeur de jouets dans un grand magasin, est désespéré de ne pouvoir donner d'enfant à sa femme. L'autre, François, homme d'affaires impitoyable au pouvoir immense, a toujours refusé d'être père. Quelle relation s'établit entre ces deux hommes, le donneur et le receveur, que tout sépare, et qui n'auraient jamais dû se rencontrer ?

Un aller simple

Aziz est né en France, de parents inconnus. Recueilli par les Tziganes des quartiers nord de Marseille, il a grandi sous la nationalité marocaine, n'ayant pas les moyens de s'offrir un faux passeport français. Sa vie bascule le jour où le gouvernement décide une grande opération médiatique de retour au pays. Le voilà confié à un jeune et idéaliste « attaché humanitaire ».

La Vie interdite

« *Je suis mort à sept heures du matin. Il est huit heures vingt-huit sur l'écran du radio-réveil, et personne ne s'en est encore rendu compte.* » Ainsi commence l'aventure de Jacques Lormeau, trente-quatre ans, quincaillier à Aix-les-Bains.

L'ÉDUCATION D'UNE FÉE
Albin Michel, 2000

L'APPARITION
Albin Michel, 2001, Prix Science Frontières
de la vulgarisation scientifique 2002

RENCONTRE SOUS X
Albin Michel, 2002

HORS DE MOI
Albin Michel, 2003

L'ÉVANGILE DE JIMMY
Albin Michel, 2004

ATTIRANCES
Albin Michel, 2005

LE PÈRE ADOPTÉ
Albin Michel, 2007

Récit

MADAME ET SES FLICS
Albin Michel, 1985
(en collaboration avec Richard Caron)

Théâtre

L'ASTRONOME, prix du Théâtre de l'Académie française –
LE NÈGRE – NOCES DE SABLE – LE PASSE-MURAILLE,
comédie musicale (d'après la nouvelle de Marcel Aymé),
Molière 1997 du meilleur spectacle musical.

A paraître aux éditions Albin Michel.

Composition réalisée par IGS-CP

Achevé d'imprimer en avril 2007 en France sur Presse Offset par

CPI
Brodard & Taupin
La Flèche (Sarthe).
N° d'imprimeur : 41563 – N° d'éditeur : 85489
Dépôt légal 1re publication : mai 2007
LIBRAIRIE GÉNÉRALE FRANÇAISE – 31, rue de Fleurus – 75278 Paris cedex 06.

31/2148/0